火与冰的故事集

二十世纪外国文学大家小藏本

Elementals: Stories of Fire and Ice

〔英〕A.S. 拜厄特／著

王娟娟／译

人民文学出版社

著作权合同登记号　图字　01-2018-1574

ELEMENTALS:STORIES OF FIRE AND ICE by A.S.BYATT
Copyright:©
This edition arranged with INTERCONTINENTAL LITERARY
AGENCY LTD (ILA) through Big Apple
Agency, Inc., Labuan, Malaysia.
Simplified Chinese edition copyright:2018 PEOPLE'S
LITERATURE PUBLISHING HOUSE CO.,LTD
All rights reserved.

图书在版编目(CIP)数据

火与冰的故事集/(英)A.S.拜厄特著;王娟娟译.—北京:人民文学出版社,2017
(蜂鸟文丛)
ISBN 978-7-02-012490-9

Ⅰ.①火… Ⅱ.①A…②王… Ⅲ.①故事—作品集—英国—现代 Ⅳ.①I561.45

中国版本图书馆CIP数据核字(2017)第040382号

责任编辑	陈	黎
装帧设计	刘	静
责任印制	徐	冉

出版发行	人民文学出版社
社　　址	北京市朝内大街166号
邮政编码	100705
网　　址	http://www.rw-cn.com

印　　刷	三河市西华印务有限公司
经　　销	全国新华书店等

字　　数	103千字
开　　本	787毫米×1092毫米　1/32
印　　张	7.5　插页4
印　　数	1—6000
版　　次	2018年11月北京第1版
印　　次	2018年11月第1次印刷
书　　号	978-7-02-012490-9
定　　价	42.00元

如有印装质量问题,请与本社图书销售中心调换。电话:010-65233595

Hummingbird
CLASSICS
蜂 鸟 文 丛

A.S. 拜厄特（1936— ）

英国著名女作家、文学评论家。先后毕业于剑桥大学、牛津大学，1972年起在伦敦大学教授英语文学，1983年辞去教职专事写作，同年成为英国皇家文学协会会员。主要作品有长篇小说《天使与昆虫》《孩子们的书》等，以及《蜜糖》《马蒂斯故事》《火与冰的故事集》等多部短篇小说集。1990年出版代表作《占有》，荣获布克奖，并于2002年被改编为电影。2008年被《泰晤士报》评为1945年来英国五十名最伟大的作家之一。

以娴熟的笔触穿梭于真实与想象之间的梦幻魔境，作者将引领读者进入相反的元素——热情与孤寂，背叛与忠诚，火与冰——相互撞击、比肩翱翔的奇妙世界。美丽的雪女甘冒生命危险，爱上了一个来自沙漠的王子，他热情的爱抚却只会使她遍体鳞伤。一位成功的职业妇女在丈夫猝死的现场毅然抛下一切，远走他乡。一个渴望准确掌握色彩与线条技巧的画家，在游泳池里的魔法水蛇身上，意外地找到了所有问题的解答。富裕的英国妇人在异国的购物中心里，逐渐地丧失了一切身份表征……

A.S. 拜厄特
A. S. Byatt

出版说明

二十世纪,世界文坛流派纷呈,大师辈出。为将百年间的重要外国作家进行梳理,使读者了解其作品,人民文学出版社决定出版"蜂鸟文丛——二十世纪外国文学大家小藏本"系列图书。

以"蜂鸟"命名,意在说明"文丛"中每本书犹如美丽的蜂鸟,身形虽小,羽翼却鲜艳夺目;篇幅虽短,文学价值却不逊鸿篇巨制。在时间乃至个人阅读体验"碎片化"之今日,这一只只迎面而来的"小鸟",定能给读者带来一缕清风,一丝甘甜。

这里既有国内读者耳熟能详的大师,也有曾在世界文坛上留下深刻烙印、在我国译介较少的名家。书中附有作者生平简历和主要作品表。期冀读者能择其所爱,找到相关作品深度阅读。

"丛书"将分辑陆续推出,"蜂鸟"将一只只飞来。愿读者诸君,在外国文学的花海中,与"蜂鸟"相伴,共同采集滋养我们生命的花蜜。

人民文学出版社编辑部

二〇一六年一月

目　次

鳄鱼的眼泪 ································· 1

色芬山的蛇身女妖 ························· 81

冰寒 ·· 113

乞妇 ·· 185

雅亿 ·· 197

耶稣在马大与马利亚的屋中 ············ 219

鳄鱼的眼泪

尼姆的鳄鱼

催眠可以唤起片段光阴。不光是压抑的恐惧,还有许多摇曳闪烁的画面,一些即使在发生当时即已注定将被遗忘、注定转眼就将愉悦地消逝无形的画面。所以它们终究是进入了我们的脑海,甚至成为我们的一部分。片刻光阴是一种朦胧的隐喻,混杂了时间与地点,朦胧如在画廊里、一个难以把握光阴的地方。你如何决定何时停止观看?它不像阅读一本书,一页翻过一页,一页翻过一页,结局。你要不就对其赋予关注,要不就不。尼莫夫妇的周日多半在画廊里度过;死气沉沉的安息日里至少还有些画廊开着。他们光顾的不是什么国家级美术馆,而是一些小型的私人艺廊。他们喜欢收购典藏,也喜欢单纯欣赏;他们的婚姻美满,品味也大致类似。他们同时驻足欣赏一幅作品,经常也同时起身前行;他们在相同的地方徘徊低吟,玩味着相同的事情。有些作品深印他们的脑海,有些则滑落于记忆之外,还有些被他们收购珍藏。

那个周日他们就在窄屋艺廊里度过。那是一家专门展出无名之辈的英国艺术家作品的艺廊；素描、花鸟版画、手绘风景屏风，以及波普艺术海报。五花八门，什么都有，偶有珠玉掺杂其中，托尼·尼莫总是这么形容它。艺廊位于伦敦的布鲁姆斯伯里区，建筑物本身是一幢建于十八世纪的私人宅邸；狭长幽暗，无止境向上迂回延伸的楼梯尽头有着一间间狭小的房间，展示着鹿头画像、落日余晖、花园小径、洒水壶，以及天鹅悠游其上的银色湖泊。在这样的周日里，尼莫夫妇总会选择在小酒馆里享用一顿美妙的午餐。这是五月初一个晴朗的星期天，普照的阳光晒得人们眯了双眼，即使是透过一层玻璃，还是晒得人们皮肤暖洋洋的。帕特里夏怕胖，仅仅吃了一道明虾沙拉；而托尼则大快朵颐了一块厚实的牛排以及一盘缀有腌黄瓜与洋葱的火腿拼盘，甜点则是一杯白兰地泡沫奶酒，后来又追加了两大杯酒馆特酿的啤酒。他是个体形壮硕的男人，细柔的深棕发丝在头顶秃了一大块。酒足饭饱的他红光满面，两颊闪着一抹满足祥和的红晕。他俩都约莫五十来岁；帕特里夏身着奶黄色掐腰套装,颈上系着一条铜棕色的丝巾。她的头发也是铜棕色的,向外翻吹出细致的发型。她有着好看饱满的胸部,丰满的臀部结实而有弹性。就在窄屋艺廊的顶楼,他们之间发生了罕有的歧见。

歧见的焦点是一幅名为《防风篱》的作品。那是一幅小型的作品,长约六十公分,宽约三十公分,四周镶着光滑厚重的深色木框,上面还缀有铜钉。作品部分为拼贴,部分为油彩,主题则是海边的景致,纯英国式的海滨风光,蓝灰色的海面上缀着灰蒙蒙的白点,一线相连的是青灰色的天空,片片乌蓝的云朵错落其间。这些占去了整个画面三分之二的空间,下方的三分之一则是实物拼贴而成的海滩;淡黄褐色的表面上粘黏着真的细沙,而小贝壳与其他海滨废弃塑料成品碎片重新拼凑成几座小风车、玩具桶子及沙铲;甜腻腻的粉红,土耳其蓝,大刺刺的火红。海滩的左侧几乎全被一片防风篱所占据。一根根木钉模拟着防风篱的木桩,染了色的布条像彩虹般延展在木钉之间。还有一颗彩色球,绿色的点点繁星散布在荧光橘的球面上。帕特里夏的目光漫不经心地扫过这个画面；她曾经，在其他的片刻光阴中，看过无数类似的画面。她继续前行，专注于另一幅十五公分见方的超小型作品，钴蓝色的背景上有着一朵偌大的蒲公英花。然而托尼却深为《防风篱》所吸引。他凑向前去，细细观赏玻璃箱中的景物，然后又向后退一步，目光未曾稍移。他微笑着。他呼唤她，帕特里夏于是自蒲公英前转过身去，看到他脸上的那抹微笑。

"我喜欢这幅作品，"托尼说，"我真的很喜欢。它不繁复。"

"不会吧，亲爱的。它老套极了。"

"一点也不。我可以想象你是怎么看它的，但它一点也不老套。它就是这么简简单单，让人想起了一些——一些——喔，那些在沙滩上度过的、无所事事的漫漫长日，你知道的，有些哀愁，有些无精打采，还有些解放的自由——那些童年的日子。"

"老套，诚如我所说的。"

"再*看看*它，帕特。它是某个重要东西的美好完整的缩影。它的色彩安排是如此巧妙——所有自然的东西都黯淡无光，而所有人工的东西则闪闪发亮——"

"老套,全是*些老套*。"帕特里夏不知道自己为什么感到如此烦躁。他们刚刚才用了一顿美好的午餐啊。甚至,她私底下也想象得到如果她喜欢它的话,这个回忆的箱子其实可以带给她何种感受;如果她不是这么讨厌它的话。托尼与这个不知名的艺术家分享了一种情绪,他们对于激起这些情绪的亲昵影像分享了同一种反应。而她却没有;如果有的话也是负面的反应。

"我喜欢它,"托尼说,"我打算把它买下来,挂在我的书房里,就是窗户旁边那个空间。"

"这纯粹是浪费钱。你一下就会腻了。我不要这样的东西出现在家里。瞧瞧那些颜色,全然是预料之中的老套,乏味透顶。"

"不要这么眼高于顶嘛。就是*因为*那些预料之中的老套色彩啊;一种欲振乏力的英国式的尝试、企图鼓舞那些欲振乏力的英国式地景风光。"

"那也不必这么可怜兮兮啊。英国人不必,那些色彩不必,那些地景风光也不必。全是令人鄙夷的陈词滥调。"

"就是陈词滥调才感人。"

"我就是不想要它。"

"可是我想。"

"我反正也阻止不了你。"帕特里夏说道,然后转身离开,经过了一座绿色的迷宫、一条正要启航的西班牙大帆船以及一场千钧一发的狩猎。她心情恶劣;托尼的坏品味威胁着要毁了这个美好的星期天。她想回去告诉他其实没关系,如果他想要的话他当然可以买下那幅《防风篱》,这才发现顶楼的这个展示间里只剩她一人。她听到托尼往下走去的沉重脚步声在迂回的楼梯间里回响着。她待会儿再去求和。彼此先留点空间,待会儿再去求和。她再度转身面对墙壁——荒野中一只蓬松的绵羊,一只瞠目怒视的巨大黑色公牛,一把纤弱的起绒草。这些影像稍后都将被忆起;甚至不需要催眠。

她走下楼去约莫已是半小时之后的事了。她穿着高跟凉鞋,一只手紧握着楼梯扶手,小心翼翼地绕过旧式楼梯的每一个转角。楼下有些噪音,有门声,也有人声;她听不清楚对话的内容,只听到隐约的骚动。什么东西砰砰作响,人们匆忙地进进出出；门外则有救护车的警笛声。小心翼翼地,她绕过了最后一个转角。她看到一群挤得密不通风的人群的背影,探头围绕着楼梯脚的某个东西。一个穿着绿色毛衣的男人原本跪在地上,这时突然站了起来。他手里握着一个听诊器。"死了,"他说,"恐怕就是这样了。当场死亡。据我判断应是伤势过重。恐怕是没指望了。"一个担架从外面的救护车上卸了下来。人群向后退了一步,让出一个缝隙;然后帕特里夏看到托尼了,他仰躺在地毯上,就在一幅描绘雪崩的画作下方。他红通通的脸庞变成一片象牙白。医生为他阖上了双眼,但他看起来一点也不安详。他的外套与衬衫就那样敞开着,灰色的胸毛依然卷曲有力。他的肚子像座骄傲的小丘;他的鞋子各自歪向一边。帕特里夏倚着楼梯扶手站立着。救护人员抬着担架进来。当人群再度聚集的时候,帕特里夏便从他们背后快速走过,穿越了敞开的大门,直走到街上。她快速走离艺廊,快,快,下巴抬得高高的。她站在新牛津街熙来攘往的马路边,一辆黑底闪着金光的出租车驶近。她招手,车子停下,她上了车。她给了司机位于温布尔登的住家地址。

司机说了些什么,她什么也没听到。她只是坐着,双手紧紧握拳放在皮包上。一切都发生得太快了。

她在自家里走过一个房间又一个房间,在五月的日光之中来回穿梭;然后她上楼,打包好一个小小的行李箱。她是个有效率的女人,箱子里装的是一趟出差所需用品——一件睡衣,私人支票簿,常用药物,几件防皱的上衣与长裤,一双拖鞋,盥洗用具,化妆品,笔记本电脑,手机,万用变电器,护照。她再一次环视她的卧房,他们的卧房,然后转身离开。她打电话叫了一辆出租车,在客厅等待时她环顾了一下周遭。几幅照片笑容可掬地向着她:全副网球装备的托尼矗立在书架上,孩子们二十年前的相片。她将这些照片面朝下地盖上。电话铃声开始大作;她置之不理。一阵子后铃声便停了,随即又再响起。出租车来了,她出门,让铃声兀自继续响着。在出租车里她突然想起自己应该换掉脚上这双高跟凉鞋,眼泪差点夺眶而出。她吩咐司机到滑铁卢车站。她在滑铁卢车站里从总站迂回走到欧洲之星的终站,也许是为了刻意隐藏行踪;然后她买了一张到巴黎的车票。一切都很顺利,很容易,半小时内就有一班开往巴黎的欧洲之星即将到站。她随着人群走向月台,手里提着她小小的行李箱;她在电扶梯的顶端瞥见自己映射在车厢窗子上的倒影,身上这件醒目的鲜黄套装使她再度泫然欲涕。

她在行李箱的一个袋子里找到一副墨镜,戴上后便挺身向后靠在椅背上,凝望着窗外飞驰的田野与树篱。她拒绝了餐点,拒绝了报纸,然后沉沉睡去。她醒来时车子已进入漆黑的海底隧道,在摇晃的空间里,她一时想不起来自己是谁、又身在何处,只是依稀记得似乎有什么事发生了。然后,她开始烦恼钱的问题。要如何才能在不被追踪到的情况下将钱提出来?她有钱,她是一家卫浴用品连锁店"爱兰黛欧梦妮"的创始人兼执行董事。问题是到时该如何提取现金而不被追踪到她的下落去向。她以前就曾想过这个问题。在她整段快乐的婚姻生涯以及工作生涯里,"消失无踪"这个念头始终悄悄地在挑逗着她。她可以就此消失无踪这个念头,以及明白自己的工作,或是家庭并无绝对的必要性的体认正是一切的先决条件、正是她幻想这一切的乐趣泉源。

此时她还没有去细想有谁会来追踪她的问题。她有一个女儿梅根,还有一个儿子,本杰明、本或本杰,俩人都已各自成家立业了;他们并不是她臆想中的追踪者。

她不知道自己要往哪里去。

他们送上来一杯用像个小盆子似的平底大酒杯装着的香槟,她倒是接受了这项服务。她对于自己并不知道自己将何去何从这个事实感到有些晕眩的快感。任何地方都有可能,任何地方。有多少人曾经真的如此?任何地方都有可能?火车终于出了隧道。

她买的是到巴黎的车票,但她在里昂提前下了车。她买了一张往尼斯的火车票,然后登上一列继续南行的高铁。已然是傍晚时分了。里昂车站浸淫在向晚的薄暮中。她想起了自己早年对于这场脱逃的各种想象版本。在她还是个年轻的新嫁娘时,她想象的是自己孑然伫立在往返英吉利海峡的蒸汽渡轮码头上,天空中还有盘旋不休、不断发出呀呀哭叫声的海鸥,然后她便搭乘渡轮,穿越了这片深蓝海洋——而刚刚,刚刚她才戴着深色墨镜坐在灯火通明的窗户边从这片深洋的底下穿梭而过。稍后成功的职场妇女的版本是,飞机的机鼻猛然拉起,穿透白茫茫的云雾,进入了那片云霄之上的澄蓝与强光,一个只有高空喷射气流的空间、只有银色大鸟平稳低颤的引擎声。目的地全然不可知,任何一处,化外之处,某处。列车平稳地往前驶去,飞快地。浸淫在薄暮中的田野被飞快地抛在后方,来不及辨读的路标被飞快地抛在后方,天空由土耳其绿蓝,到普鲁士铁蓝,到靛蓝,到映照在路边灯火中的锈黑。她再度沉沉睡去。她沉入梦乡,醒来时却忆起自己梦到了一些已不愿忆起的事物。她一时陷入恍惚。然后她开始担忧信用卡的事,他们是否可以追踪她的信用卡。世界缩成小小一团,你可以在其中悠然行止。但每一件事却似乎都会牵连到其他许多事,这可不好。

几个小时后,她在阿维尼翁下了车,然后转搭开往蒙彼利埃与巴塞罗那的列车。列车开出后不久便停靠在一个小站,尼姆。她就在这里再度下了车。也许是这个巧合,这个名字几乎相同的巧合,尼姆,尼莫,使她决定就在这里下车。她对这个小城一无所知。没有人想得到她会在这里,就是这个原因。她从车站出发,浑身沐浴在南国温暖的黑暗中,踩着她的高跟凉鞋,那双她穿着走下迂回的楼梯间、提着行李的凉鞋。这个小城有着宽阔的林荫大道,她顺着笔直的梧桐树走下去,轻快地,经过了对着幽暗的人行道泼洒灯光的小咖啡厅,经过了广场,经过了小巷。她顺着往"喷泉花园"的路标走下去,因为它听起来就像是个能提供她绝佳庇护的处所。她发现自己来到了凯旋将军饭店,而它看起来像是、也确实是个又大又舒适的旅馆。她走进去,要了一个房间。房间里的窗帘与百叶窗紧紧关闭着。房中央有张大床,上面铺着普罗旺斯式的小树枝花样印花棉布床罩,蔷薇色与金色衬着奶油色的底,正好与窗帘相配。她拉开窗帘,发现底下是一扇久经日晒而有些斑驳的百叶窗,以及一个小小的阳台。她探头往外看,外面是一座被围墙围起来的花园;花园里树影婆娑,柏树与橄榄树比肩而立。还有一座水池,金色的灯光在浅蓝绿色的池水中雀跃地欢腾着。她关上了百叶窗。她发现浴室里有一座茶玫瑰色的半圆形浴缸,四周还贴着仿十八世纪图样的瓷砖,白瓷釉面上画着粉红色的小鸟。她泡了澡,换上睡衣,然后关掉所有电灯爬上床去。她的脑海里突然闪现了几个画面:防风篱,还有画笔下的那场雪崩;折断的树干与凌乱的大石静静地躺在悉心描绘的雪堆中。她想到明天要去转账,将存款从泽西的户头里转出来,再转,然后再转。这张大床像是一个舒适的巢穴,枕头蓬松柔软,床单清新宜人。她害怕自己会一夜难眠,却转眼睡去。第二天清晨,耀眼的阳光像一根根黄金针头般地刺穿了百叶窗的狭长缝隙。她起身打开窗子,天空一片蔚蓝,金色阳光普照大地。

帕特里夏在饭店的前廊用早餐。宽广的前廊四周围着玻璃墙,上方则是遮阳用的大帆布篷。前廊再过去就是那座围墙花园,铺着细沙的小径,在石砌的池子里欢腾地冒着泡泡的喷泉,以及一座也是用石头砌成的巨型花盆,蔓藤般攀爬的天竺葵叶茂盛得自花盆边满溢了出来,洒了一地的绯红、赭红与粉红。高大的西洋杉与紫杉巍巍耸立着,一旁还有丛丛的银色橄榄树与柏树。有光,也有影。一幅南国的景致。一个男人坐在其中一棵西洋杉下的折叠桌旁,埋头写着些什么。男人有着一头耀眼的淡金色卷发,他长长的双腿塞满了那张小小的桌椅。他穿着白色的长裤,以及一件淡蓝绿色的亚麻外套。

  早餐后帕特里夏信步走出旅馆。凯旋将军饭店隔着喷泉大道与喷泉花园相望;那是一个十八世纪的庭园,园中散布着许多井然有序的柱廊,石阶,栏杆,以及石雕的牧神与仙女。几幢也是十八世纪式的住家建筑依着堤岸大道而建,气派高雅,四周却都围着栅栏,门窗也都紧闭着。堤岸大道的另一侧是流水潺潺的宽阔渠道,墨绿色的河水覆盖在笔直的梧桐树下,一路流经小桥数座。远处还有一座高耸的喷泉,树枝状的水柱夹带滚滚气泡,在阳光下闪烁晶莹。帕特里夏朝另一个方向走去,进出许多狭窄的街道后又越过了另一条林荫大道。用金色与奶油色的石头构成的建筑栉比鳞次地站在街边,屋顶则清一色覆盖着赤褐色的陶砖。帕特里夏继续前行。她走在炙热的阳光与阴影之间,从阴凉的石砖庭院到豁然开朗的明亮广场,穿过厚重的石雕门廊来到白花花的空间,眨了眨眼才看清眼前的水花。她行经许多喷泉水池,水柱从石制出水口泉涌而出,滴滴敲打在岩石上,然后在青铜雕像环绕的圆形水池中激起翻腾的气泡,抑或是汇入滚滚奔流的渠道。她一度来到一个绿草如茵的广场,广场中央矗立着一座雕饰华丽庄严的巨大喷水池;她随即转身,窜入一条又一条的窄街。帕特里夏开始注意到街边镶嵌着许多鳄鱼图样的青铜饰钮,一只鳄鱼被链在一棵棕榈树旁。一些窗框及街道名牌上也有着相同的图纹。一个静谧的小广场中的喷水池边则攀爬着一只实体大小的青铜怪兽。她坐在水池边的大遮阳伞下,点了一杯咖啡。她是个少女,一个第一次独自出国旅行的少女。她凝视着那活灵活现的青铜巨爪与弯曲的尾巴,就像她曾凝望金黄色的石头与蔚蓝晴空和阴影一般:有些好奇,有些漫不经心。"汝之埃及巨蟒今以汝泥、在汝之烈日映射下成型茁壮:正如汝之巨鳄。"托尼曾扮演过三巨头中的雷比达。他原本希望扮演安托尼,后来也只能满足于雷比达的角色。她还记得,记得自己用指尖为他轻轻涂抹营造深肤色效果的粉底;在他白皙的英国皮肤上、在他打网球练就的结实而苍白的大腿上以她的指尖轻轻涂抹均匀。她也记得那件罗马长袍。她再度起身,留下那杯原封不动的咖啡,继续她的散步。她的脚步轻盈,宛如少女。

　　她偶尔也会停驻脚步。她买了一双白色平底凉鞋,两件亚麻长裤,还有几件轻便的洋装,透气的黄色棉布上手绘着深紫色的葡萄,那纯粹是法国式的黄,芥末般的赭黄,而不似她前夜自伦敦穿来的套装那黄水仙似的鲜黄。她在薰衣草街发现了一家高雅的卫浴精品店,花了些时间在落地镜前比画了一件上面印着贝壳图纹的上等细麻睡衣,一件光滑的棉布上有着梗梗含羞草的晨衣,白色的丝织料子似罗马圆柱般地垂坠着百褶。她买了那件晨衣,再配上一双漂亮的金色拖鞋,以及一件水蓝色的蜂巢针织棉袍。这些东西为她带来无比的乐趣。她告诉店主,一个有着深色头发与眼珠以及罗马鼻的高雅年轻女子,她自己以前也从事这个行业。她的法文缓慢而清晰,字字合乎文法。她原本是想成为一个剧场设计家的;在大学时代他们全都一样,全都疯狂热衷于剧场;不过她后来也把她的爱兰黛欧梦妮经营得有声有色就是了。她驻足一个小小的宝窟,细细欣赏那些半透明状的宽口杯,闪烁着珍珠光泽的磨砂玻璃,蔷薇色,粉蓝色,鸭蛋般的淡淡青黄色。她买了一支金银条纹的牙刷。她走出店门,继续前行。她回到旅馆,在前廊用午餐。花园里树影斑斓,喷泉稳定地传送淙淙水声。她回到楼上的房间,为刚刚买来的衣物在橱柜与抽屉里找到位置,将午后炙热的空气关在厚重的百叶窗外,然后整个人直接蜷曲在床罩上,睡了。她在傍晚时分醒来,略为梳洗后换上新买的洋装,下楼到前廊用晚餐。靛青色的天幕里挂着点点疏星以及一轮新月。喷泉池底的灯开了,将一汪池水照得像一块晃动的玻璃或冰块,白色的水体有着蓝色的阴影。远处传来猫头鹰的呼喊。她桌上的高脚玻璃杯中有一颗浮水蜡烛。她以少女般的情怀满心喜悦地欣赏着这一切。她吃了一盘酪梨海鲜沙拉,盘中的食物排列得像是一朵盛开的花;她吃了一道鲈鱼,小小的一块鱼排上面交错地淋着金色的酱汁,底下则铺着融化的茴香;她自一杯浓稠的巧克力中捞吃着一颗颗小红莓;她喝了一杯烟熏味的白酒。单纯之中有着漫无节制的醉人喜悦:星光,灯火,流水,西洋杉与燃烧的茴香的香气,橄榄的咸味,肥美多汁的鱼肉,金色的酒液,甜腻的梅子,浓苦的巧克力,温暖的空气。她缓慢慎重地吃着。周围还有许多低声交谈着的晚餐客人。那个满头金发的高大男人就在前廊的另一端。他侧着身体,企图为他手中的书本多捕捉一些蜡烛微弱的光芒。她想:我明天要去买一本书。她慢慢地转动着脑筋:决定买一本书是个令人雀跃的构想,就像买那件睡衣一样。晚餐后她再度上楼,在圆形浴缸与小树枝印花浴帘里舒缓地泡了澡,换上百褶睡衣,上床就寝。一只鳄鱼悄悄潜入她的梦中,然后在她醒来的那一刻又悄悄退下。她在前廊用早餐,接着便出发探访小街。

接下来几天的作息是相同的循环。她吃,她睡,她散步,她购物。她渐渐熟悉了那些狭窄的街道;许多窄街都通向那座巍巍耸立的圆形竞技场。那是一座庞然的金黄色圆柱形建筑,周围整齐地层层迭绕着许多巨大的拱门。她避开它。她总是绕回原来的狭小街道,但它们也总是又将她带往方屋,一座有许多高大的圆柱矗立于其中的正方形古代建筑;与它比肩而立的则是它的现代版倒影,方形艺术中心——银色金属将整座建筑外观切割成无数正方形小块,中间则镶着灰绿色的玻璃,沉静而高雅地呈现出隔邻方屋的倒影。她也没有尝试进入这两幢建筑。她在一家书店买了一本尼姆导游、一张地图、一本法文字典,以及三巨册的法文原版《追忆似水年华》。这会是她的一项计划。她开始利用午后静谧的时光阅读,不久便发现字典不够用。她回到原来的书店,换了店中最大的一本字典。她的法文程度并不足以阅读普鲁斯特。每一页,她都至少必须翻查二三十个单字,然后才能以慢动作将小说中的世界串联在一起;这好比透过一片不平整的厚玻璃观看一幅拼图,颜色与形状无望地扭曲变形,一块块拼图之间交接的线条是唯一可辨的影像。遭逢的困难反而使她更加坚持。她会将法文学好,然后她就可以一窥普鲁斯特的世界。她想,她没有办法轻易地维持对任何事物的兴趣,诸如侦探小说之类的。有计划倒好。她买了一本笔记本,不厌其烦地将普鲁斯特中的生字抄录其中,不断持续增长的一长串名单。她坐在凯旋将军饭店的围墙花园里,在那些西洋杉下,在一张铁制的桌子旁。一块块凝固的树脂带着香气掉落在"在斯万家那边"的书页上;蚊子像发报机般在耳边嗡嗡响个不停。那个金发的男人在另一棵树下埋头阅读,时而猛烈地抄写着。他手腕的动作笨拙粗鲁,整张桌子因为他抄写的动作而摇晃不已。

她去剪了头发。原本的英国式波浪卷变成一头闪亮的服帖短发。"我正在读普鲁斯特。"她告诉她的发型设计师,一个满头黑发、也有着常见于尼姆人的罗马鼻的年轻男人。"那可得花上一段时日了。"他观察着说道。她坐在时钟广场与阿萨斯广场的露天咖啡座读着她的导游书,发现原来四处可见的那个链在棕榈树下的鳄鱼徽纹乃是源自于一个奥古斯都大帝时代的钱币;那枚钱币在文艺复兴时代出土,上面除了鳄鱼与棕榈树的图样外,还有"COL NEM"——宁摩斯属地的字像。人们相信奥古斯都曾将本地赏赐给他的一个凯旋军团,借以犒赏他们大败安托尼与克里奥佩特拉于尼罗河有功。而法国的弗朗索瓦一世后来更将这个图纹正式颁定为象征尼姆的盾徽,进一步不朽了这个传说。导游书则指出这个故事并不足信。帕特里夏坐在时钟广场那只闪亮坚实的青铜鳄鱼旁,脑中突然闪过托尼穿着罗马长袍的影像,白色的人影衬着白热的日光以及喷泉的白色水花。他俩结识于学生剧场,一个充满了舞台专用化妆油彩、床单缝制而成的戏服、莎士比亚的诗歌韵文的世界;一个智慧与残暴交错的世界。他曾扮演过雷比达,而她则曾亲手为他缝制戏服。稍后他进阶到《闸前猛虎》中海克特的角色,而她则为他缝制了一件猩红色的罩袍,以及一顶特洛伊战士头盔;她也曾亲手为他试穿那双罗马凉鞋,将系带一圈一圈地系紧在他结实的小腿上。学生剧场是个幽暗闷室的箱子,飞掠的鬼魂世居其中;微不足道的小舞台或许配不上他们口中吐出的不朽台词,但年轻的热情一样如火燃烧。在这个地上就铺着罗马时代巨石的广场上,她已经很难去回想起聚光灯是如何地照亮了那个狭小的木箱、如何地点燃他们的如火热情了。他昵称她"派屈拉",而她昵称他"安托尼",在那段日子里。高壮温柔的托尼。莎士比亚的台词从他口中清亮而坚定地流泻而出;同样的声音也曾只为她一人诉说——他们会对彼此低诉莎翁的名句——"我欲在汝之爱的最远处设下边界。""那么汝须觅得新天堂,新天地。"他们曾借用了多少情人也曾借用的名句。他曾如此热切地想要成为一个演员,这股热情持续了一两年之久,然后却突然间被放弃了。那些如歌般的语言、那些投射在幽暗木箱中的刺眼灯光突然间都比不上日常生活中混杂的光线来得有趣,国际商业谈判的剧目全面取代了那些爱与死与权力的动人单纯。但他总还是能以唤她一声派屈拉来博得佳人一笑。似玩笑又非玩笑。而这一切,她似知晓又似不知晓,似看见又似不见,海克特甲胄的线条、雷比达长袍的皱褶,就在那深沉的鳄鱼之前,就在那稀薄的空气与流泉漱玉之中。

她日渐消瘦。她照常进食,却仍日渐消瘦。旅馆客人来来去去,而她就此停留。那个穿着蓝绿色外套的金发男人也留下了。他买了一顶草帽,就像凡·高发狂后在阿尔的田野与日光中为自己留下的自画像中的那顶。圆形竞技场附近有许多小贩都有在贩卖这种草帽,圆形的帽顶与芦苇秆一根根参差不齐地冒出头来的帽檐。草帽轻轻地栖息在他那头不驯的金色卷发上,仿佛没有重量。她开始渐渐失去她原有的、曾有过的那种职业妇女的意识与直觉。当旧有的强烈进取意识渐渐动摇之际,她踏在街上的脚步却愈发果断。她的法文突飞猛进。她常会驻足阅读当地的报纸,《南法自由报》;它们就挂在旅馆沙龙那光可鉴人的木制书报夹上。这份报纸大量报导了关于斗牛的消息。她也渐渐发现凯旋将军饭店其实是家斗牛旅馆;旅馆酒吧的墙上挂着许多海明威与毕加索的相片,他们当年经常到此赞叹欣赏那些服装上装饰着许多镀金穗带与帽徽的迷人斗牛士们的高超绝技。稍后她更发现酒吧的名字根本就叫海明威酒吧。《南法自由报》上还有许多其他格斗表演的报导;凶猛的公牛通常是此类报导中的英雄,人们以忘情的喝彩与激越的《卡门》乐声来辉映牛只的疯狂攻击。报上关于外国新闻的报导付之阙如;就算有也多半是邻近北非的消息:阿尔及利亚的炸弹攻击、埃及有旅客遭袭种种。要不就是地方新闻:学校音乐会、增建新的蓄水池、河流污染,等等。她照单全收,只为了练习她的法文。一天傍晚,她坐在暗处的一张沙发上读报——"通往乌兹的道路今天再次发生死亡车祸。一名男子在一处葡萄园外的道路上遭到一辆超速车辆撞击,一名自行车骑士稍后发现了他的尸体。根据现场遗留痕迹判断,该名超速驾驶员在车祸发生后立即驾车逃逸,并未下车查看被害者安危。这已是本地区今年所发生的第三起死亡车祸。警方正在调查……"

帕特里夏默然落泪。她想到田边道路上那个不知名的死者,斗大的泪珠滑落她的双颊。她纹丝不动地坐在那张驼色沙发上,一个高贵的中年妇女,就这样坐在那里,膝上搁着一份报纸,泪珠簌簌落下,沾湿了报纸,油印的铅字、牛只粗大的新闻照片,以及车祸的报导被滴落的泪水晕得一片乌黑。她无法动弹,泪眼蒙眬,一时无法想象泪水究竟何时才会停止,无法想象自己何时才能蓄足站起来的力气。她压抑住所有声响,没有一声啜泣,没有一声呜咽,没有一丝抽气的声音。就只有咸咸的泪水。

一段时间之后,长长的一段时间之后,她听到了一个声音。

"对不起,夫人。您还好吧?"她没有移动。泪水继续汩汩流下。

他在她脚边屈膝跪下,身上仍穿着那件蓝绿色的外套,笨拙地单膝着地跪着。他带着浓浓腔调的法文也显得十分笨拙。他改用英文,纯正的斯堪的纳维亚腔英文。

"请原谅我的鲁莽,但是我想您可能需要一些帮助。"

"不。"她的声音仿佛来自远方。她甚至不确定自己是否曾开口说话。

"也许我可以扶你回房?也许帮你点一杯饮料?我不能旁观——我不能就这样袖手旁观——我想帮点忙。"

"您真好心。"她说道,然后头又晃向一边。他的话语亲切,嗓音却粗嘎,一种冷冷的声音。

"您有满腹的悲伤。"他说道,嗓音依然粗嘎。她听得刺耳。

"没关系的。我必须如此,我应当如此。"

他扶着她的手肘,帮助她起身。

"我知道你的房间,"他说,"来。我扶你回房,然后我会帮你点一杯饮料。你要喝什么?茶?咖啡?还是来点烈酒压压惊?白兰地好吗?"

"我不知道。"

"来。"

他扶着她走到电梯门口,然后按下按钮。那是一座围着金色栅栏的大型老式电梯,运作时吱嘎作响地,像个大鸟笼似的。他操作电梯门,扶着她的手肘,领她走到她的房间,一路搀扶着她。他将她安置在一张铺着蔷薇色印花棉布椅套的大扶手椅上,凝视着她那浮肿的双眼。他的脸在她眼前晃动着,一张苍白的脸,两道如壁架般突出的金色浓眉,丑陋的大鼻子,颧骨高耸,而一双蓝眼就深深地嵌在其上方的凹陷里,嘴唇宽而薄,唇上还有着一道白金色的胡子。

"谢谢你。"她说。

"我来为你点个饮料,就白兰地好了。"

她弯下头去。他用她的电话请服务人员将饮料送上来。他接着说:

"你有满腹的悲伤,我看得出来。"

"我的——某人——过世了。"

"啊,很遗憾。"

她不知该如何回答。她仰着头,闭上了眼睛。她可以感觉到他保持了一段适当的距离,站着,观察着她,直到敲门声响起。他替服务生开了门,然后跟他一起退下。她颤抖地大口吞下那杯白兰地,然后上床睡觉。

第二天早上她在早餐时间遇到他时,沉默地向他点头致了意。他们并没有交谈,而她对此感到满意。当天晚餐他们再度相遇,两人各据前廊一角,也是礼貌地交换微笑而已,冷漠节制的北方人。因此,当他在晚餐结束后出现在她桌前时,她感到相当惊讶。他在想,他说道,不知道她是否愿意和他一起到酒吧喝杯餐后酒。他并不打算占用她太多的时间。她原想拒绝,但她感觉到他似乎有些尴尬、似乎知道她并不想和他说话。她答应了这个邀约,因为她欠他一份人情,因为他的邀约中并没有任何感情或是施压的成分。海明威酒吧像是从前廊分支出去的一个大玻璃盒,直直地伸入花园里。温暖的深黄色灯光倾泻其中;墙上则是一些曾造访过这家饭店的斗牛士的相片。他们就在那些门窗紧闭的客房里,换上他们的刺绣背心、贴身的长裤,以及长长的绶带,然后跨出门去,用他们的红披风与宝剑舞出一场场荒谬的死亡之舞。

他们并肩坐着,凝望着幽暗的花园里那舞动的蓝色水花。他点了一杯加冰块的玛拉贝白兰地,而她则不经意地要了一杯相同的酒。他说:

"尼尔斯·艾萨克森。挪威人。"

"帕特里夏·尼莫。来自英国。"

酒来了,甜甜的,白白的,闪亮的液体里浸着一些碎冰块。味道是火焰与空气混合体,一丝丝灼热,空空地,飘荡着一缕幽魂般的果香。她原想说些客套的台词,将对话限制在最低的安全范围内,却什么也想不起来。

"我来这里是为了要写一本书。我是个民族学家。我正在研究挪威及南方某些民间信仰与风俗习惯彼此之间的关系。"

这明显是篇事先准备好的开场白。他向她举了举手中的酒杯。她说:

"我只是来度假的。"

"我一直都没有机会在南方待一段较长的时间。这一直都是我的梦想。我也失去了某人,尼莫太太。我的妻子过世了;她病了好一段时日,很长很长的一段时间。我发现自己已经麻木了,甚至——甚至是解脱了,该这么说吗?我不想继续待在特隆索,所以来到这里工作。"

"我很遗憾,关于尊夫人的事。我刚刚失去了我的先生。"

"而你并不想提起这件事。我了解。我也不想提起丽芙。你觉得尼姆这地方如何呢,尼莫太太?"

"一些该做的事我好像都还没有做。我没进去过喷泉花园,也没进去过方屋或是方形艺术中心。"

"还有圆形竞技场?"

"也没去过。我觉得那地方有些令人不寒而栗。我不喜欢竞技这个主意。"

"我也不喜欢。但我常去。我就坐在那里,在太阳下,静静思考。那是个思考的好地方,尤其对我这个渴慕阳光的北方人来说。竞技场像个钵盆似的,阳光就毫不保留地直接泼洒在里面。"

"我还是不认为我会走进去。我觉得这一切——"她指一指墙上的照片,公牛、斗牛士、海明威与毕加索——"就是不讨人喜欢。英国人不喜欢这一套。"

"你们是温和而矜持的民族。我也觉得它确

实不讨人喜欢。但在另一方面,这个现象也颇为耐人寻味。为什么一个节制严谨的新教徒小城会每年一次地陷入疯狂之中?就为了那些鲜血、死亡,还有繁复的仪式?"

他的头向她靠过来,淡蓝的眼珠闪闪发亮。他那双瘦骨嶙峋的手还放在桌上,各持那杯被冰块蒸雾了的玻璃杯的一边。她说:

"我希望你能想出个究竟。至于我就敬谢不敏了。"

之后他们又共进了几次餐后酒,都是在晚餐后的傍晚。随着时序移转,夜间的空气也变得愈来愈闷热,愈来愈凝重。帕特里夏觉得自己并不喜欢尼尔斯·艾萨克森;不过她并不在乎。她原本用来探知他人情感意图的神经末梢不是已经被斩断,就是已经麻木了。她只是模模糊糊地感觉到,他某方面说来似乎是个深受驱使的男人。他的阅读与写作流于夸张,几乎是戏剧化的过度专注,而他对于文字的执迷——说不上来的怪,反正就是不对;也许是太过火了——还是现在的她原本就认为任何的努力、任何的气力都是多余,都算过火?《追忆似水年华》渐渐失去了兴味,但她仍坚持下去,法文倒是精进不少。他们经常谈论到尼姆。他告诉她许多关于尼姆的故事;虽然她对这些轶事毫不关心、毫无兴趣,它们却无论如何地改变了她的一些想法。他告诉她这整个城市和那座喷泉,宁摩斯泉,从头就是同一回事;罗列在灌木丛旁的旱地上的那些门禁森严、有着砖红屋顶的金色房屋,自始就是因为这座源源不绝的泉水的出现而兴建的。他还说,整座城镇的守护神,宁摩斯,其实也就是泉源之神。还有,城镇所在的山丘底下其实散布着大大小小的深壑、洞穴与渠道。喷泉地下水源上方的小丘上曾经有一座女修道院,就在月神庙的附近;它从公元一〇〇〇年一直屹立到文艺复兴时代,而历任院长也始终宣称水源归修道院所拥有。他提到考古挖掘,提到罗马时代异教徒的生活民情,以及因抵抗孟德福所领导的法国十字军而起的宗教战争,一直到路易十六,到德国人的进出。他还提到法国大革命时代的断头台,以及第二次世界大战的绞首架。帕特里夏聆听他的絮絮叨叨,然后出门,或是逛街购物,或是单纯闲晃。她想,如果他再继续讲下去,或是超出某个界限,她就得要离开此地。但她不知道自己又该往哪里去。天气愈来愈燠热了。她房里的电视所显现出来的气象预报图中,尼姆几乎毫无例外地总是全法国温度最高的一个城市;海风或山风永远吹不及尼姆,一座平原上的城市,无力招架地承受所有的光与热。偶尔,为了改变一下一成不变的作息,她也会散一个长长的步。她顶着正午的阳光走进喷泉花园,凝视着那一池不安的深绿,顺着雕花栏杆走上那座毫无遮阴的楼梯,望着那只由铜棕色叶片植物所拼合成的鳄鱼、静静地躺在由蔷薇色与白色小花交织而成的花床中,尾巴卷到背上,无精打采地张嘴哈欠,就在那仿佛会跳舞的明亮空气中。尼尔斯·艾萨克森说她不应该不戴帽子出门;她原想告诉他说她才不在乎呢。她只说了声"我知道",依旧我行我素。就让阳光烤干她的脑袋吧,某个声音这么说着。

一天晚上尼尔斯·艾萨克森终于越过那道小心翼翼维持的界限。帕特里夏那晚疲倦万分。她喝了三杯玛拉贝白兰地,超出了原本一杯的分量,然后看见外头庞然的西洋杉仿佛在旋转着,划过了那过度耀眼的星空。

"我会很高兴的,"尼尔斯·艾萨克森说,"如果你愿意跟我一起去民族学博物馆的话。我想带你看看……"

"喔,不了。"

"我想带你看看那些古罗马格斗战士的墓碑。从那些过往的遗迹中,我们可以窥见这个城市的生命史——"

"不,不必了——"

"原谅我的鲁莽,但是我认为你该有所改变。当我刚刚失去丽芙时,我也曾希望整个世界随之死去。我只希望一切都能就此静止不动。但我毕竟还活着呀,而你,对不起,你也还活着。"

"我不需要人陪,艾萨克森先生。我不需要人来招待我——或娱乐我。我——我自有事做。"

在他这次的开口干预之前,两人之间的那片静默中似乎有什么东西正在酝酿、正在进行。而他却活生生扰乱了一切。她懊恼地瞪视着他。

"请原谅我的冒犯。我有时就是须得发表一些意见,一切都与你无关,我明白的。"

更恼人的是,她的拒绝却反而让整件事变得更深刻,更拉近了两人之间的距离。

第二天,她漫步在维克多-雨果大道上,心中暗下决定离开尼姆。她像个南方人似的走在梧桐树笔直的阴影里。她决定,既然要走了,出于对尼姆的礼貌,也该一访方屋。美国诗人埃兹拉·庞德盛赞其为一幢理想美的建筑;她曾在导游书中读到这段描述。方屋采用当地的结晶砂岩建造而成,大块大块的石头自旱地开采出来时还是闪闪发光的雪白原石,经过岁月以及阳光的洗礼而淬炼出金色的光芒。它高高耸立在方形基座上,罗列的柯林斯式圆柱上有着许多爵床叶形装饰,中楣雕带上则刻着许多水果与公牛或狮子的头像。这里曾是罗马时期的中央集会所,也是圣芳济修道院的一部分,历经西哥特人、摩尔人以及僧侣们的破坏或修建。围绕四周的楼阶数经更迭,或是筑高,或是夷平。乌兹公爵夫人一五七六年时曾企图将它改建为其亡夫的陵寝,所幸市内耆老悍然抵抗这项决定。根据尼尔斯·艾萨克森的说法,方屋还曾是举行献祭仪式的处所;他那毫无血色的皮肤下,似乎隐藏着祖先北欧海盗的嗜血天性。

　　她登上柱廊间高耸的台阶,从圆柱与圆柱之间的空隙远眺围绕在这座古老建筑四周的那些人声鼎沸的现代空间。她还可以看见广场另一头的方形艺术中心,一片片玻璃谨守本分地闪闪烁烁。导游书指出方屋现在是市立考古博物馆,收藏着许多陆续出土的牧神与仙女、舞娘与格斗士的雕像或石碑。但导游书恐怕已经过时了。除了漆着赭红涂料的石墙与几面解说牌之外,里面空无一物。在一个赭红石墙环绕的阴暗空间中,你还能做些什么?帕特里夏踱着步,沿着它走,绕着它走,最后穿过了它。她还记得自己曾经忖度何时才是应该停止观看的恰当时机——观看那幅蒲公英,那幅防风篱,那幅凝止的雪崩。她梦游般地疾步走出方屋,穿过柱廊走下台阶。在广场与那些迷宫般的狭窄街道之间,有着一条铺着鹅卵石的小巷,汽车与机车偶然也会事出突然地穿梭其中。热浪与阳光醺得她昏昏然的。她对着那片湛蓝晴空与燃烧般的白热光线眨了眨眼;她眯缝着眼睛,投身前行。一连串事件接着发生。一声破啼尖叫——刹车器和一个旁观者的——一只手像利爪般紧紧扣住她的手腕,将她整个人扯向一边。她双膝落地跪倒在方屋前的广场,抬头只见到尼尔斯·艾萨克森头部逆着光的蓝紫色巨大阴影,镶边是一圈白金色的卷发,以及草帽参差不齐的帽檐。远方还站着一个黝黑的汽车驾驶员,顶着一个尼姆式罗马鼻,叨叨絮絮地,又是责难、又是悔恨。

"你不能拿他当帮凶——或是说,要他为你负责——"尼尔斯说。

"少胡扯了。我只是一时头晕。"

"你根本就没有注意左右,我都看到了。你把自己直直地甩到他的车轮下。"

"我才没有。我只是一时看不见东西。我刚从暗处走出来,阳光晒得我睁不开眼睛。"

"我都看到了。你是故意的。"

"那你又怎么会刚好出现在这里?"帕特里夏问道,神色自若地。她站起来,像个女学生似的拍拍她膝盖与手掌上的灰尘与血迹。她向那个驾驶员颔首,用手轻触额头表示歉意。"所以呢?"她催促着尼尔斯·艾萨克森。

"我只是刚好路过。我本想问你要不要一起吃午餐,所以走向你。结果刚好拉你一把。"

"谢谢你。"

他们在一顶象牙色的遮阳伞下共进午餐,那只不动如山、神采奕奕的青铜鳄鱼就随伺在一旁。帕特里夏点了鹌鹑蛋肉冻,颤巍巍的一块半透明棺材形肉冻,上头洒着点点香料。她的手掌和膝盖微微地刺痛着,打从小学操场以来就再没那样地刺痛着。扎实的阳光一块一块地落下,灿烂夺目;洋伞的帆布几乎无力招架。汗珠从她嘴唇上方一颗颗冒出头来,奔流在她的乳沟、在她手肘的弯处。尼尔斯·艾萨克森颈部的发梢与衬衫衣领之间也被晒出一道发肿的红线。血液汩汩流过他的颈动脉,晕红了他那片原本苍白的皮肤。他探问她肉冻还合胃口吧。他自己则点了奶油烙鳕鱼糊。"那是种北海鱼类,"他说道,"鳕鱼。这实在很不应该、很不自然,你说是不?把好好的鱼肉跟橄榄油一起打成浆——还是该称作浓汤什么的。喔,里面还加了大蒜。""对不起,"他说,"你脸颊上有一些砂,刚刚跌倒时沾上的。我可以吗?"他拿了餐巾轻触她的脸颊。"不论你怎么解释都一样,"他说,"你自己冲到路中间。我不想再多说。但我是亲眼看到的。"你突然从方屋的底座边冲到马路上。我想帮你的忙。"

"帮忙,"她说,"我根本不相信帮忙。我只相信……"

"相信什么?"

"我只相信漠然,"帕特里夏·尼莫说道,"事物的流转,川流不息的流转。任何事。一件事,然后另一件事。鳄鱼喷泉。尘埃。太阳。鸟蛋冻。我在胡言乱语。太阳移动位置了;它直射我的眼睛。"

"我们可以换位子。我有戴太阳眼镜,还有帽子。请——"

他们起身、交换座位。尼尔斯·艾萨克森说:"我懂你。你一定以为我不懂,但我认为我懂。漠然对我来说是一种诱惑,再容易不过的致命诱惑。你会说这家伙粗枝大叶,他*什么*也不懂,他是个傻子。所有人都深信漠然是件坏事,只有我,帕特里夏·尼莫,有这种神秘的智慧,明白漠然也有好处。你就是这么想的,对不对?你错了,尼莫太太,容我无礼,我也曾经历过,我也曾试过让自己漠不关心,麻木不仁;它也许是个很好的心情过渡站,但久了它就变成——变成坚硬的一块水泥。对,就是水泥。你才不是因为漠然不小心所以将自己扔到那辆科维特轿车的轮下。"

"纯粹是因为漠然,因为不小心。就算是我把自己扔出去的,也是纯粹出于漠然。"

"你陷得很深。"

"空谈没什么好处。"

"我推荐好奇心。你必须对事物保持兴味。好奇心与漠不关心,尼莫太太,你也许会说它们根本是完全相反的两回事。非也。两者都是一种一视同仁。你可以就坐在那里,视线冻结地让事物自你眼前流转而过,你刚刚是怎么说的,鸟蛋冻,鳄鱼喷泉,这座小城的石头。或者你也可以兴味盎然地审视万物,然后真正地活着。我试着要了解这个城市,而这并不是一件微不足道的琐事。我正在挖掘关于城里每块石头背后的故事。某一方面来说,你是对的;你会挖到什么、学到什么,我相信,其实经常是出于偶然,出于漠然——或者应该说,那是出于一种盲目的运气。诡异的是,这种盲目的运气却又神似注定的命运。但你仍应保持好奇,保持对事物的兴味。人性本如此。"

事实是,帕特里夏以她昔日的机智想着,他说着这番话时的模样才真是抽离人性,活像是哥特式建筑上的一尊古怪凶恶的滴水头像,他苍白的皮肤爬满裂纹,汗湿成淡黄色的头发一揪揪地贴在头皮上,嘴唇则狂热忘情地紧绷着。他自己就一点都不引人好奇,一点都不。

"我就对你充满好奇。"他说道,一边还摘下墨镜,用迷蒙的蓝眼凝视着她。

"我不想要一个守护天使,事情恐怕就是如此了。"帕特里夏说道,将椅子往后一挪。

"恐怕?"

"很抱歉。我不想要,就是这个意思,我就是不想要——"她随即起身离去,消失在这片白金色的空气中。

因为她忘了付那顿午餐的钱,也因为她也许欠他一条命,两天后她还是跟他一起去了民族学博物馆。那是一幢罗马风格浓厚的建筑,环绕中庭稳稳地矗立着,四周的墙壁有着类似回廊的构造,中间则散置着一排排、一堆堆的古代石头墓碑,显要高僧的,女祭司的,阵亡战士的。部分墓石上雕着人像,满头华发的粗壮妇人,穿着罗马长袍的无鼻胸像。室内还有更多更老的石头,一些史前粗石巨柱,上面有着一些满面腮胡的怪异脸孔以及细长的手指与尖锐刺人的手;还有一只剑齿虎的化石——一只或曾躲过一遭猎杀、最终却仍死在诱捕者手下的石器时代生物。帕特里夏轻快地走着,而尼尔斯则脚步迟缓,时时要她观赏一些他精挑的藏品。"这是我的最爱,"尼尔斯·艾萨克森说,"生灵活现的。你瞧瞧,来自维雷佛斯科镇的罗马卖花小贩。"

那是一只白色的石头,深深地镌着一些字:

NON VENDO NI
SI AMANTIBUS
CORONAS

他翻译道:"花环不为求售他人,只售予热恋的情人。"

"我自己就会读拉丁文。谢谢。"

他带她去看罗马时代格斗士的墓碑。路西斯·庞皮亚司,格斗士,曾九度参与格斗,生于维也纳,卒于二五英龄,长眠于此。欧妲达,他的妻子,以他身后遗产建此墓碑。可伦布斯,赛佛留斯大帝军团战士,二十五岁,赛普拉妲,他的妻子。阿普特斯,色雷斯人,生于亚历山德拉城,卒于三十七岁,妻子欧妲达将其安葬于此。昆塔斯·维提斯·葛拉西力,西班牙人氏,曾三度封冠,卒于二五英龄。路西斯·赛司提斯·拉提尼斯,他的老师为他立碑于此。博物馆内的玻璃展示柜里全都只是些复制品。尼尔斯说他曾希望能研究这些死亡战士的坟冢。"持续了三到四个世纪之久,"他说,"这些来自罗马帝国境内各地,甚至是遥远异乡的年轻男子、剑客与格斗士,就这样被埋在今日的咖啡馆与电影院、糕饼店与教堂之下的黄土里。几个世纪以来,他说,成千上万的荒冢之中就只有十座左右意外地出了土。"他希望能找到一个北方人,或许。

"为什么?"帕特里夏问道,其实并不真的好奇。

"一个葬身异乡的北欧狂暴战士,还有他随

身的护身符。曾有此传说。"

"他不来这里日子可能还好过些,"帕特里夏说,"假设上来说。"

"不知道你有没有听过一个理论,"尼尔斯说,"他们说,北欧神话《格林摩叙事诗》中的华海拉殿其实是仿罗马的圆形竞技场而建的。华海拉殿被描述为一座有六百四十道门的圆形宫殿,里面住满了已逝战士的英灵;死者每日被从死亡的沉睡中叫醒,款之以蜂蜜水与魔法野猪肉的盛宴,然后周而复始地进行战斗——一直到最后,八百名战士同时自六百四十道门倾巢而出,进行最后的一场战斗。这座北方的天堂乐园也许就跟此地的石头圆形剧场有所关联。我们北欧人是天生的战士。"

"*算了吧*,"帕特里夏说,"亡者已矣,都那么久以前的事了,就让他们安息吧。"

"安息——"尼尔斯开始说道。但她已移动脚步,远离这些石头与骸骨,沿着回廊,登上了一座楼梯。

在一个阴暗狭长的厢房里,她赫然发现自己

与两只巨大的公牛标本面面相觑着。牛头对着门口,精心重建的庞然身躯压在精巧脆弱的牛蹄上,尖锐的牛角直指前方,棕色的玻璃眼珠瞪视着来访者。它们显然曾被以精确的解剖手法小心翼翼地处理过。两只牛被刺杀的时间相距一世纪之遥,"塔本纳罗"死于一八九四年九月,"那瓦洛"则死于一九九四年;他们俩都是来自格拉那达的巴布罗·罗密洛百年一度的斗牛盛会。它们原本光泽闪亮的毛皮如今蒙着厚厚的一层灰;塔本纳罗身上有着杂色斑纹,而那瓦洛则是虱痕斑斑的铁灰色。两只巨兽的毛皮在它们死后被割裂,扯下,然后再一针一针、一片一片地缝合,而被长矛、短矛以及锐剑刺穿的伤口则覆以薄皮略加掩饰。在它们身后,一排蒙尘的野兽沿着一个中央展示柜蹒跚地罗列着,一小队受拒于诺亚方舟之外的动物样本;有些披着重建的毛皮,有些则只剩漂白过的骨架。一只野猪和五只身上还披着条纹的小猪;一只西伯利亚熊;一只麝香牛与其幼兽;两只形貌不一的鹿;一只形孤影单的大型麋鹿;一只年幼的单峰骆驼,它的耳朵被磨损得只剩两个空洞,但长长的睫毛仍浓密而卷曲;再来是一只长颈鹿和一只骆马的骨架;它们身后是一只坎玛盖斯小马以及一匹成马的骸骨;最后面则是一只一八七四年搁浅于圣玛西海边的巨鲸的头部骨架。

沿着这个长形展示间的墙壁站立的柜子里还有更多的野兽:猕猴与树懒,鼬鼠与海狸,花豹与北极熊,红毛猩猩与大猩猩。其中的一个玻璃柜中则安置着一些珍禽异兽,一只畸形绵羊,这怪物有着一张温驯的脸孔和两个身躯,下面还拖曳着八条毛茸茸的腿。

还有爬虫类。一只无足蜥蜴,皮革似的棕色,几条长长的当地无毒蛇类,泡在瓶中的毒蛇角奎。*一般蛇类。角奎,蝮蛇,林奈氏*。还有几具出土自古埃及坟冢的鳄鱼木乃伊,——去了骨的、长长的、空荡荡如皮革包裹似的,尼姆式的。

"*鳄鱼乃古埃及祭司眼中的圣兽,死后则以防腐香料加以处理,大量保存于坟冢之中。*"

尼尔斯·艾萨克森鬼祟地跟在她身后。他企图取悦她似的指出镂刻在屋顶穹隆上的一段法文,它的原文其实是英文,弗朗西斯·培根一六二六年的一段话。

自然的代言人与使者

人类脑中所能知晓的

永远不及用眼所能观察到的多

"好奇心,"尼尔斯·艾萨克森说道,"你瞧。"

他背后的墙上有一只张牙舞爪的中南美大鳄鱼;不若那些埃及木乃伊鳄鱼那般谨慎地清理成中空状,这只巨兽在稍事处理后便被漆上了一层闪烁的亮光漆。

"这里就只有我们两个参观者。灰尘弄得我直想打喷嚏。他们实在应该让这些可怜的动物死得更有尊严些。"

"你瞧瞧那些斗牛的姿态、那一针针缝合的细工,里面都有着绵绵的爱怜。"

"爱怜?"

"某一种的。"

"可怕至极。"

"有趣得很。"

那天晚上,他们按照惯例各自进餐,然后再到旅馆酒吧共用餐后酒。帕特里夏没有什么开口说话的意愿。构成酒吧的落地玻璃以一个角度切入幽暗的花园之中,灯火灿烂耀眼。喷泉依然雀跃地四溅着水花。尼尔斯·艾萨克森说他有些东西要让她瞧瞧。他把他那件蓝绿色的亚麻外套口袋里的东西一股脑地倒桌上。一大堆小石头散落在两人之间的玻璃桌面上——两片脱落的马赛克瓷砖,一小角金色水晶原石,一块黝黑闪亮的圆球形石头,一把向日葵种子,一个约略雕刻的护身符,圆形套环上刻着一把铁锤。

"我在一家小古董店找到这个护身符,"尼尔斯·艾萨克森说,"它就夹杂在一堆瓶子碎片、钱币和小珠子之中,全是工人无意间挖出来的。我一眼就看出它是什么东西。那是雷神索尔的铁锤,一个墨幽尼。它一定是来自某座坟冢,说不定就是我的北欧狂暴战士。这东西在那个时代里到处是,从结婚的新床上到坟墓之中都有。也许用意在于帮助魂魄找到通往华海拉殿的路;也或许是为了吓阻鬼魂扰乱生者。说不定这块地砖下面就有更多这种护身符。说不定呢。"

"你确定这东西真有这么古老?"

"错不了的。这是我的专业。"

帕特里夏拾起那颗黑色的小石球,在烛光下翻转、审视。光滑的表面上有着错综复杂的纹路与层理,一团微小的蓝色火光仿佛在其间流转着。

"真漂亮。"她说。

"斜长岩,"尼尔斯·艾萨克森说,"长石的一种。"他有些犹豫地继续说道:"我为丽芙选择的墓碑材质正是一大片厚重的斜长岩。这是一种昂贵的石材。它在北地里会闪烁着极光般的色泽与光芒。我在墓碑上仅只刻了她的名字,丽芙,也就是生命的意思;她曾是我的生命。还有她的生卒年月日,因为她曾出生,曾死亡。坟墓就位在一个小小的教堂附属墓地里,旁边围绕着一片空地;没有任何树林或灌木丛的踪迹,那里的天气太寒冷了。我在她的坟里放了一把铁锤,一个摩幽尼,就像我们祖先的习俗那般。索尔是掌管雷电的天神。斜长岩里就有闪电雷光。"

帕特里夏迅速地放下那块石头。尼尔斯·艾萨克森透过玻璃凝视着外头的西洋杉、橄榄树与跳跃的水花。

"我们镇外更往北去的另一个小镇,一个已然逼近北极圈的偏远小镇里,有一棵孤立的树。那些小镇,你知道吗,它们与首都奥斯陆之间的距离比奥斯陆距离罗马还远。比尼姆距离奥斯陆还远。每年冬天,村民们会把那棵树层层包裹起来,帮助它抵抗严寒。一连好几个月的漫漫长夜,没有太阳的日子;我们和我们那棵包裹住的树就这样生活在黑暗之中。我们在心中想象着南方。"

他把玩着玻璃桌上的小石头、种子,还有护身符,像牌桌上的筹码一般。

帕特里夏深陷梦乡,然后却猛地醒来,脑海里还残留着刚刚那个迷乱的梦境:长长的回廊,还有高高的玻璃柜。她踱到窗边;一片片的方形玻璃里框着水球般的月光,满月之夜。天幕里星光闪烁。月光倾泻在花园的围墙上、在巨型石头花盆里的天竺葵上,日光下的火红如今褪成泛着银光的蔷薇色。冷气机嗡嗡作响。她将前额贴在玻璃上。一句话在她脑里挣扎着要被忆起,"棺木已凉,棺木已凉。"她金色的脚趾在柔软的地毯上蠕动着,她的前额在冷冷的玻璃上来回搓揉。她打开窗子,温暖的夜风吹拂在她的肌肤上,而月光却是冷的。

她在房里用早餐。虽然早早便出门,但她一

走出凯旋将军旅馆的阴影,灼热的空气还是立刻包围了她。她去了方形艺术中心。那是一幢美丽而庄重的建筑,如影子般地溶入周遭的景致之中。它的外观由不透光的钢条划分成许多小方格,其间则一一镶着灰色的玻璃。方形艺术中心比方屋还高,却衷心臣服于它;它将方屋坚实高雅的线条与比例转化、放大,以纯几何的线条重新诠释呈现。走进室内,在爬上一道宽敞陡峭的楼梯后,是一个弥漫着静谧日光的空间,展示着一个德国艺术家席格玛·波克的作品。帕特里夏的注意力猛烈地翻搅着,像锅中沸腾的水,水流向上翻滚,表面起伏不安,一阵往下,随即又翻腾而起。她游走在一个个展示厅之间,穿着凉鞋的脚步静悄悄地,淡紫色的薄棉长裙轻拂着她冰凉的膝盖。席格玛·波克的作品强而有力、充满机智而变化多端。昔日的帕特里夏必定会喜爱这些画作。一面墙上挂着许多瞭望台的影像,就在一个围着带刺的防御围篱的角落里。还有一个房间里全是以法国大革命为题的鲜活明快的迷人影像。一迭迭的色块,一个三角形,两个正立方体,一道斜线,红蓝白三色的图形鲜明地错落其间,一朵花,一只高卢公鸡,后者的影像淡出、转化为一座断头台的刀锋、梯子与篮子。两个十八世纪的侏儒在一片田园牧歌式的田野中玩着一颗球,细看之下赫然是一个落地的人头。在另一个房间里则展示着一幅放大的圣母画像,画中的圣母正试图将她那张云霓之间的羽毛床上的雪花抖落。一个挑高的空间里充满了庞大、如梦似真、大片大片泼洒的色彩,取名"幻象"。镀了金似的小水洼,琉璃般钴蓝的大海,乳白色的绵绵云朵,峥嵘的山崖,湛蓝的海岬,靛青色漩涡状的冰河罅隙与峡湾;而悬挂在半空中的巨石笼罩住下方赭红与赤褐色的湖水,两边延伸的石壁宛如巨龙的颚骨,又如一只只剩白骨的紫色手指,紧捉住水花激起的泡沫,命运女神蒙上白纱,假扮成食尸鬼,溺死白色的水鸟,粉碎湖畔的堡垒。这些膨胀的幻象旁的文本则强调了消失与危险。波克采用了许多因为具有毒性而已被摒弃不用的颜料,雌黄,史温弗绿,青金石。他还混合了各种不稳定的化学原料:铝,铁,钾,锰,锌,钡,松节油,酒精,甲醇,烟煤,封蜡,以及具腐蚀性的漆料。这使得他作品的表面永远在移转,永远难以描述;颜色会变,变得暧昧模糊,没有形状能持续永久,没有色彩能恒常不渝。这个幻象的世界骇人却又迷人。帕特里夏凝视着它们。美丽与危险都在那里,四平八稳地躺在墙上。她在脑海中一遍遍地问着,"我该怎么做?我能怎么做?"她凝望着如面纱般低垂的融雪与凝乳。你如何决定何时停止观看?非如阅读一本书,一页翻过一页,一页翻过一页,结局。你如何决定?

方形艺术中心的顶楼楼梯间后方有一个阳台。一步踏出去,霎时就不再有雾蒙蒙玻璃阻隔在人体与外头的光与热之间;从那里可以远眺整座城市,错综复杂的红色屋顶仿佛摊平的球果,而麦格尼高塔就镶在天际的一角。帕特里夏一步踏出去。凝滞的热空气宛如玻璃一般坚实,伸手即可触及。漂浮的脚步将她带到边缘的栏杆旁,她凝望着小城尼姆。她往后靠到一个角落边,她往后靠,凝望着灿烂蓝空。她好轻,在那件淡紫色如阴影般的洋装下,她失去了实体。她往外靠去。再往外。热气在她眼里、耳里嘶嘶作响。她的双脚离开了地面,她犹豫了一下,继续往外靠去。一只手倏然握住她的手腕,将她往后拉扯。尼尔斯·艾萨克森再捉住她的另外一只手腕,牢牢地制住她。他的脸孔在那顶凡·高帽的阴影下显得模糊而粗糙。那是一张愤怒的面孔。他的双脚像铅锤般定在地上,而他的膝盖则顶着她的腿。他将她拉回阳台的包厢里。

"你别管我。"

"我如何能不管你?"

"很简单。走开就可以了。"

"我不这么认为。还不到时候。"

他们在对峙的气氛中走出艺廊,在外面台阶的灼身烈日下面对彼此。

"拜托你,"帕特里夏说道,冷冰冰的英国腔,"不要管我。"

"我认为我应该——"

"就因为你,我如今不得不离开这个城市。就因为你决心干涉我的生命。"

"是因为我干涉了你的死亡吧。"尼尔斯·艾萨克森说。

帕特里夏转身离开,脚步快速而猛烈。她没有回头看看他在做什么或没有在做什么。阿萨斯广场没有一丝遮阴,只有一座金色石头刻成的新式喷泉——一个巨大的出水口将清澈的水柱喷向一条狭长的渠道,渠道的另一端是一座圆形的水池,而一对童男童女的青铜裸体雕像则站在一个圆柱形的基座上,在淡蓝的池子中央,接住潺潺汇入的流水。帕特里夏走到广场中央,忍不住地全身颤抖。她朝着深蓝色晴空下的那抹淡蓝池水踉跄前进,仿佛电影中的沙漠旅人。她的胃在翻搅着。铿锵有力的太阳高挂空中,宛如一面铜锣。泪水涌入她晒得热热的眼睑之间。她往前跌落在两吋深的温热池水中。尼尔斯·艾萨克森那双瘦骨嶙峋的大手再度攫住她的肩膀,将她往后拉。他的身影挡在她与艳阳之间,在她眼中那不过是一片漆黑的空间,一个参差的黑影。他再一拉,她于是跌入了他的臂弯,不住地喘着气,摇摇晃晃地。他用双臂搂着她,一会儿后便将自己头上的梵高帽换戴到她头上。她紧紧捉住他。

"来吧,"他说,"离开阳光。"

他们一起坐在她房里:帕特里夏坐在扶手椅上,而尼尔斯·艾萨克森则笨拙地坐在那张漂亮的书桌椅上。冷气机呻吟着。这是他第二次到她

房里。他拿了一条湿毛巾帮她擦脸,然后从小冰箱里为她倒了一杯冰水。他说:

"不能再这样继续下去了。"

"事情不是你想的那样。"

"我说个故事给你听。故事的挪威文标题是 *Følgesvennen*,法文则为 *Le Compagnon*。同行者?还是伙伴?故事的主角是一个年轻人。一天夜里,他梦到了一个美丽的公主;一觉醒来后,他便卖掉了所有家当,出发前去寻找梦中人。他走呀走的,愈走愈远,连续好几个月地走着,愈来愈远。隆冬里的某一天,他来到了一座教堂。教堂前方放着一个大冰块,冰块里冰着一个死人,站得直挺挺的。一个教士走出教堂,年轻人便驱向前去问他那个男人怎么会被冰在那里。教士回答道,那男人犯了严重的罪过,因而被处死,然后冰在冰块里供众人唾弃。若要为这个罪人赎身安葬,那可得花上一大笔没什么人付得出来的钱。所以他就一直站在那里了。

"每当我想到你,在这大热天里帽子都不戴地到处乱跑的,"尼尔斯·艾萨克森继续说道,"我就会想起那个大冰块。"

"故事接下来呢?"

"喔,年轻人探问那男人到底犯了什么罪。他原是个仆役长,教士说,却在葡萄酒里掺水。不是什么无可饶恕的罪,年轻人说道,然后便将所有剩下的积蓄捐了出来,好让那男人从冰块里被凿出来,妥善安葬。口袋空空的年轻人接着继续上路。当天晚上,一个男人找上他,要求做他的仆人;但是年轻人说他已经没有钱可以负担一个仆人了,男人于是说那么他可以当他同行的伙伴。两人就这样继续他们的旅程,一路遭逢许多冒险奇遇。他们遇到了三个老女人——巫婆之类的——在三个不同的山洞里。每个女巫都要求年轻人坐在一张石椅上,而每一次那个伙伴也都反过来要求她们自己坐上去;女巫无法拒绝,只好坐在石椅上,而椅子也发挥了它们的魔咒,将她们困在椅子上,动弹不得。伙伴每一次都要求女巫以一样宝物来换取自由,三个女巫于是分别交出了一把宝剑、一捆丝线,以及一顶可以隐形的帽子。宝物到手后,伙伴却不遵守诺言,就把她们永远地留在魔椅上。我发觉,"尼尔斯·艾萨克森说,"挪威民间传说中的英雄似乎特别习于打破承诺。他们跟妖精巫师订下契约,自始至终却只是满心欺骗。"

"事情不是像你想的那样。"帕特里夏说。

"什么事情不是像我想的那样?"

"冰块里的尸体。我不是那个死人。我离开了他。"

她接着告诉尼尔斯·艾萨克森,多多少少地,关于那天在窄屋艺廊发生的事,关于托尼的跌落楼梯,关于她如何抛下一切来到尼姆。

"这样你明白了吧,"她总结道,"你埋葬了你的妻子,在那个石碑下,而我——我就这样走开了。我找不到我不应该离开的理由。"

接下来是长长的一段沉默。帕特里夏心中对于那个诡异的冰块里的男人充满了憎恶与不安,就是这几个字,憎恶与不安。她告诉尼尔斯·艾萨克森关于她逃走的始末,然后静待,甚至是期盼着他的评判。但他却似乎被她的故事震慑住了。

"我并不认为我做错了什么,"她说,"我爱过他,而他死了,一切就该结束了。结局就是如此。但我却感觉到我错了,错得离谱。不是因为孩子们,你也许会这么想,把残局留给他们去——去解决。而是因为他。我离开了他。"

尼尔斯坐着,眼神飘向窗外。

"接下来的故事呢?"

"他们找到公主了;就在一座城堡里。城堡四周围墙的每一根木桩上都插着一颗头颅——他们全都是公主过往的追求者。她交给年轻人三项任务——首先,她要他保管两样东西:一把金剪刀和一个金线球,倘若第二天早上东西还在任务就算成功。公主半夜却把它们给偷走了;她被下了魔咒,每天晚上都会有一只飞天公羊将她带到她爱人——一个魔法巨人的身边。幸好那个伙伴戴上隐形帽跟踪公主,成功地将东西取回;年轻人于是通过了第一项考验。公主只好说,明天将我此时此刻正在想的东西带来,这就是你的第二项任务。年轻人说,我怎么可能知道呢?然后便放弃了希望。当然,伙伴夜里再度跟踪公主,他偷听到公主告诉那个丑陋的巨人说,当时她脑子里想的正是他那颗迷人的脑袋。想当然尔,伙伴随即取出宝剑切下巨人的头,带回城堡。第二天,年轻人就将那颗人头丢到公主脚下,公主于是只得嫁给他。为了解除公主身上的魔咒,他们以牛奶和灰烬反复浸洗她全身上下的肌肤;我记得故事这么说的。公主后来就成为年轻人的贤妻。伙伴于是离开。五年后,他突然再度出现,并且要求报酬。年轻的国王将自己所有财产的一半赏赐给他,伙伴却说,还差一样东西,那是我离开后才出生的。年轻的国王与皇后只得将他们的儿子带出来。为求公平,国王也只好高举宝剑,将小男孩砍成两半。伙伴实时拉住国王持剑的手,并且说,不,你什么也不欠我,因为我就是冰块里的那个男人的鬼魂。现在我终于可以安息了。这是一个很黑暗的故事,尼莫太太。"

"并不全然如此。"

"你说得没错,尼莫太太。你是做错了。不论是对生者或是对死者,你都做错了。但事情仍有补正的余地,我想。你可以回去,补正一切。"

"谢谢你。"帕特里夏郑重地说道,然后亲吻了他冰凉清瘦的脸颊。

那天晚上她一夜无眠,静静地、清醒地躺在床上。轮番袭来的是那催眠的星月,拍击岸边的海浪,以及被湛蓝与赭红光芒映照得无比璀璨的天空,仿佛是踏入,或是坠入了一个纯粹的神话世界。第二天清晨她下楼用早餐,却丝毫不见尼尔斯·艾萨克森的踪影。旅馆的大厅与餐厅里人声鼎沸,生气勃勃。尼姆的斗牛盛会即将揭幕,斗牛士与随从们纷纷搬入凯旋将军饭店。两三个摄影师随意地靠着柱子站着,一张张黝黑的西班牙脸孔彼此慎重地点头致意,而镀金的行李推车则来回搬运着一捆捆鲜亮的衣物与武器。帕特里夏毫不在意地踱出旅馆大门,就这样走了一整个上午,脚步流畅而毫不自觉地从一座喷泉走到另一座喷泉,从鳄鱼到钟塔,从麦姆南国王的头像到恋人们纯真自然的青铜雕像。她如往常一般特意避开了圆形竞技场。到了傍晚,陶醉在节庆气氛里的尼姆居民几乎全都挤到街上来了,音乐与烟火的声响一波波爆破在空气中。帕特里夏全都避开了。她不属于那个世界。她回到旅馆,在餐厅与花园里寻找尼尔斯·艾萨克森的踪迹,却遍寻不着。这只是第一天而已,她毫不怀疑自己可以耐心等待——对她来说,时间已经成了一个光影缤纷的洞穴,无数的小行星像盘子般在里面运行转动,鱼儿跳跃,而长着利齿的大爬虫则悬浮其中,轻溅着水花。第二天有一两次她以为自己在街角瞄到了他的身影,结果都只是另一个戴着草帽或穿着亚麻外套的高大男子。她试图在花园里坐下,但是*那里也一样挤满了兴奋*的人群,一边啜饮着鸡尾酒,一边谈论着*最后的戮刺*,巨大的亚麻阳伞下满是晒成古铜色的肩膀,优雅地移动着。当天晚上她终于看到尼尔斯·艾萨克森了,但是他并没有看见她。他正在与一名柜台人员争执着。那很可能就是那种因为旅馆客人付不出房钱而引发的争吵。昔日的帕特里夏,敏锐得跟一根针头似的,从音调或仅仅一个手势必定早已嗅出端倪;但新的她却仿佛漂浮游荡于异次元空间,对眼前的状况无从辨识起。她急着要找到尼尔斯·艾萨克森,她有话要跟他说,她有话很想跟他说。当她几乎已经要欺身向前时,方才隐约地意识到,他似乎是喝醉了。他的头与手与脚仿佛各有意志,而他的声音大得失去了控制,他的脸颊醺红灼烫。她立刻止步,转身搭乘电梯上楼,躺在自己的床上。她打电话要服务人员将晚餐送到她房里,却花了好长一段时间才送到,因为饭店上上下下都汹涌着斗牛的人潮。在斗牛盛会揭幕后的第三个晚上,她挤过海明威酒吧,走到前廊去查看尼尔斯·艾萨克森有没有在那里;或者,去看看她能不能找到一张安静的桌子,好让她坐下来欣赏喷泉。也许是为了荣耀斗牛士之故,喷泉被全面启动了。原本只是雀跃地冒着泡泡的湛蓝水体成了一道道高飞的水柱,在空中微微舞动着,宛如挥动的马尾,白色的抛物线不时甩出一颗颗晶莹的水珠,润湿了一旁的草坪。在前廊远远的另一端,她看到了,透过海明威酒吧的玻璃墙以及她本身意识那层以雾玻璃筑起的厚茧,她看到了远程的一张桌子旁似乎有些异动。似乎有一群人,拉奥孔与欲置之于死地的巨蟒;这个来自特洛伊城的祭司拔众而起,头顶上高举着一个银盾似的东西,还有一个闪亮的酒瓶。那是尼尔斯·艾萨克森,他的蓝绿色外套上沾染着一些似鲜血又似红酒的污渍,发如飞蓬,张口怒吼,企图斥退一团由饭店经理带领的白围裙服务生骑兵大队。一两个肤色黝黑的西班牙人似乎也涉入了这场战斗,在一旁敲着边鼓。幽暗花园中的水柱迎风舞动,那一撮人群似乎也随之攒动;尼尔斯·艾萨克森击倒饭店经理,所用武器帕特里夏现在看清楚了,是一个银制盘盖。不久他自己也被扳倒,两臂被约略地以餐巾与桌巾缠住,他还继续挣扎着,然后就被半推半抬地架进旅馆。帕特里夏跟酒保点了一杯加冰块的覆盆子白兰地。她在玻璃墙内坐定,凝望着杯中浮沉的冰块。酒保正在跟一对年轻夫妇解释刚才那场骚动。

"没什么啦。他在那边批评这场斗牛盛会。在尼姆最好是不要这么做,尤其是在这段时间。"

"他到底在抱怨什么?"年轻的丈夫问道,笑着,一只手臂环着他妻子那轻浮愚蠢的棕色肩膀,"是斗牛的质量,还是斗牛士的技巧?"

"*死亡剧目*,"酒保说道,"那人来自北方。他们无法了解牛的死亡。"

年轻夫妇又笑了,轻浮地。

"地中海地区有着跟他们迥然不同的文化。"酒保说。他发现帕特里夏也在聆听,于是机敏熟练地切换话题,夜色有多美、房间有多光灿夺目、流星在这个季节里有多常见。

帕特里夏没有再去打听尼尔斯·艾萨克森的下落。她一直到斗牛会结束后才再度见到他。当时斗牛士与助手们正纷纷将他们鲜亮的斗篷与短剑装到以皮条捆扎的箱子里,然后坐在光鲜的大礼车中,隆重地拂尘而去。

她是在街上撞见他的,就在薰衣草街上。当时他正出神地看着一家店铺的橱窗,他的帽子稍稍往前推,盖住他隆起的额头,多日未刮的金色短髭在他脸上一一冒出头来。她还没来得及叫住他,他便跨着大步离去,有些笨拙,有些急促。她跟踪他,甚至随着他走进圆形竞技场的入口。他买了门票,然后便长驱直入。她等了一会儿,也买了票,跟着踏入那座圆形的庞然大物。

圆形竞技场并非迷宫。隧道、柱廊与台阶井然有序地排列着,一排排石头座位绕成圆形,向天际延伸而去。刚刚走进去时,帕特里夏就绕着一楼的圆形场地走,一个个拱门如洞穴般深邃幽暗。她嗅到发霉的石头,以及发臭的尿液,也许是那些惊吓万分的巨兽们的尿液吧,同时还混杂着一些欲盖弥彰的漂白清洁剂的味道。麻木暗哑的一片静默。角落里几台可口可乐贩卖机偌然孤立着,旁边还堆着一箱箱香槟空瓶。她在幽暗中绕行了一圈半,然后随意挑选一个拱道,钻了进去,登上台阶,走出来之后,却赫然发现自己已经置身于从地面算起第四排的座位;座位略向中央倾斜,排列成复杂精巧的图形,前方还有着上了红漆的木制屏障,人们就在其后方或弹或跳或爬地闪躲牛角的猛攻。第一排的座位已然十分接近地面;她曾在导游书上读到过,正因为前排的护墙不高,史学家因而推断这里应该未曾举行过猛兽互斗的表演。就只有战士与战士彼此灵巧算计的格斗屠杀,还有同样灵巧算计的斗牛士们,优雅地移动脚步,舞弄着巨大的牛只,倏然停顿,再抖动挑衅,然后刺下长剑。几个世纪以来,人们成群地来到这里,像观赏一场欢乐盛宴般地观赏着死亡。

白花花的阳光模糊了一切。她环视整座剧场,却见不着尼尔斯·艾萨克森或是任何其他的人影。她退回原来的拱道,走到下一条拱道,登上另一道石头台阶,来到顶层的露天看台。她四处走动,然后站在这座巨大的石头圆形剧场的高处往下看。她终于看到了那顶草帽以及一抹挪威式的无邪蓝绿,就在圆圈的另一边。她于是举步,绕着圆圈,往下疾行。她坐在温暖的石头上,石椅约略地包住她的臀部。她坐在他的身边。他俩沉默不语,千年的石头沉默不语,笼罩着这片空旷的空间的正午炙热空气也沉默不语。热,非常非常热,石头几乎烫得无法触摸。下方的竞技场上铺着细砂,静止的图纹美丽而邪恶。她静静地坐着,他将整个头埋在双手里,也是静静地坐着,纹丝不动。黑鸟飞掠上空,兀自绕着圈圈。

"尼尔斯。"

"我对你无话可说。"

"什么事情在烦恼着你吗?"

"你凭什么觉得我很烦恼?没错,我是很烦恼。你现在可以走开了吧。请你走开,尼莫太太。"

"我看到你打架。"

"我发狂了。"语气中带着一丝黯然的自我承认。

"我都看到了。为什么?"

"因为你跟我说的话。因为我来这里看了斗牛。"

帕特里夏无言以对。她不明白。她凝望着竞

技场白色的边缘。他说,他对着自己的手说:"我以为这会是个谜,一种神秘的仪式。结果只是纯然地令人作恶。"

"我不必亲自来到这里就可以告诉你相同的答案。"她说,一派英国式精简作风。

他用挪威文喃喃说了些什么。

"你说什么?"

"'Jer er redd jeg var dφd longe fφrenn jeg dφde',我死去之前就已然是个死人。皮耳·干特。超级大说谎家,伟大的挪威民间传说英雄。成篇长串的谎言,老掉牙的故事,还有自吹自擂。我对你撒谎,尼莫太太。你没有对我撒任何谎,最后还告诉我——告诉我那些你告诉我的事。而我甚至自诩为你的评判者,聆听你的告解。但我撒的谎还要更糟。我做了很糟糕的事。"

"告诉我,我想知道。"帕特里夏说,虽然她其实并不那么想知道。她害怕听到他的妻子其实是遭到谋杀,她害怕被迫听到不应该听到的事。

"我不是什么民族学家,尼莫太太。我是,或者我曾经是,一个中学教员。我根本不懂考古学。我也从来没有结过婚。我的妻子是个谎言,那块斜长岩墓石是个谎言。全都是谎言。"

"那个只有一棵树的小镇呢?"

"那是真的。我就住在那里。我和我的母亲及姨妈住在那里,我教书,一直教到我不得不放弃为止。三年前,我的母亲过世。她八十六岁了。我继承了那幢房子,以及她所有的积蓄。"

帕特里夏等着他继续说下去。黑鸟仍然盘桓不去。

"她过世之前足足有五年的时间完全认不出来我是谁。我打理一切事务;我帮她洗澡,帮她穿衣。我的姨妈只是坐着,微笑地哼着歌。她有时也会哭。后来她也渐渐退化。我不得不放弃我的工作——因为屋子里有两个坐在轮椅上的老人,成天只会点头,喃喃自语,有时还会大吼大叫;她们会突然怒不可遏,对彼此大声叫嚣……然后我母亲就过世了。我和我姨妈把我母亲安葬在教堂的墓园里。那块墓石是我告诉我自己的故事;起因是我有一天在这里的一家店里看到了一小块斜长岩,而它让我想起了北方。"

"后来你的姨妈也过世了吗?"

"不。我母亲过世后不久,我就将行李打包

好,卖了房子,然后推着我的姨妈坐上往奥斯陆的火车,从那里再转车到斯德哥尔摩。那里有一间很有名的诊所,一间脑神经专科诊所。我把她带到那里,尼莫太太。我没有预约看诊,我们不是什么特别有名的人物。诊所里有一堆跟我们一样的人。我们在医院走廊遇到几个护士,我姨妈对她们挥挥手,像个皇后似的,护士们只是微笑。我用很快的速度推着她,上下寻找排队的人龙。领药处前面就有一条,每个人都在排队等待。我把姨妈在轮椅上安置好,加入了排在走廊上的队伍。她对每一个人微笑,她常常这样,她是个比我母亲要来得和善的女人。然后我就*离开了,尼莫太太*。我像一个职业罪犯一般*蓄意计划*了整个行动。我姨妈的衣服口袋与皮包里没有任何纸条或证件可以说明她是谁,或是她来自何处。然后我就来到这里。纯粹只是偶然,就跟你告诉我的一样。我只是搭上了往南的火车。欧盟成立后,人们来往得比从前热络,我的长途旅行并不特别引人注意。我把所有的钱都带来了。一切行动都是蓄意计划的,尼莫太太。"

"但也是不难了解的。你已经到了尽头——

一切的尽头——承受着无比的压力。"

"但这是不对的。你我心知肚明。我成长在卡尔文教派的环境里。我已经下地狱了。"尼尔斯·艾萨克森说,心力交瘁地拱着背。火红的一圈地中海艳阳照射着他,也照射着整座石头筑成的圆形剧场。

"我想,你已经尽了力了——"

"我告诉你这个故事并不是因为想听到你这么说,尼莫太太。我说是因为我想听到它被大声说出来。对不起,先失陪了。我还有事要做。"

他起身。

"你还好吧?"

"这不关你的事。但还是谢谢你的关心。是的,我会没事的。"

他转身离去,身影隐没在拱形隧道之中,头也不回地。

那天晚上,帕特里夏又做梦了。她梦见自己一个人在竞技场里,就坐在稍早坐在尼尔斯·艾萨克森身旁的那个位子上(他那晚没有出现在餐厅或酒吧)。梦里的天空是夜里沉沉的漆黑,繁星点点的,但竞技场的沙地却随阳光闪闪散发着金光。在这个封闭的明亮圆形场地中,两个男人在格斗着。他们穿着未经漂白的帆布或亚麻缝制而成的连身服,像剑术家穿的那种,头上也戴着全罩式的击剑面具。他们的身旁堆着无数各式各样的武器:三叉戟,网戟战士用的战网,短刀,长刀,长剑,匕首,短剑,狼牙棒,以及战斧。他们无情而顽强地攻击着对方,各式武器轮番上场,在对方身上留下可怕的刀伤与残暴的戳刺伤;帆布衣上布满交叉纵横的剑痕,汩汩鲜血从隐藏在连身衣下的身体泉涌而出,染红了衣料、再滴落在明亮的金黄沙地上。网罩面具后的面孔也一样,鲜血泉涌。然后,其中一个人倒下了,双膝落地,然后是另外一个人。刀戟野蛮粗暴地落在他们身上,猛力往下劈砍,然后向上戳刺拉起。这是一个痛苦缓慢的过程,而梦里的帕特里夏被迫全程观看,目光不准稍移,不准离开座位,不准言语,也不准醒来。正当一切杀戮终于停顿下来的时候,奇怪的事情发生了。所有的鲜血都消失了,里里外外所有鲜血淋漓的伤口全都回复原状。整场杀戮快速倒转,卷起一阵沙土,所有屠杀的痕迹快速缩小,然后消失；竞技场里只剩闪闪发光的原石，围绕着安然无恙的两条苍白人影。接着，他们转向她，朝着她弯腰行礼，然后转身面对沙场，杀戮剧目再度从头上演，劈，砍，戳，刺，鲜血泉涌。

梦中的她突然注意到，似乎有人坐在她身边，也许自始便一直坐在她身边。是托尼，坚实健朗的托尼。他比最后一天的模样要瘦了些，正对着她微笑着。他没有说话。鲜血淋漓的两个男人真实而无法逃避。她要他留下来。她多么快乐啊，看着他生动的脸庞，他眼角的皱纹，他左眉上的小缺口，还有他温暖的嘴唇。她霎时明白这个感觉如此真实的男人早已不再真实，心中感到强烈的痛楚。他终将离开，而她终将醒来。她开口说话："他们为什么要这么做？"

他只是微笑着，仿佛这场杀戮正常自然而合宜。他还是不说话。他将一只温暖的大手放在她的膝上。她于是哭了，然后醒来。

第二天早上，她看到尼尔斯·艾萨克森就坐在他常坐的那张早餐桌旁。她直接走向他。他并

没有站起来招呼她。她问他是否可以坐下,他不情愿地做了一个同意的手势。她说:

"我决定回英国去,艾萨克森先生。暂时性的;我只是想看看他们是怎么料理他的后事的。"

"他们?"

"我的儿子和女儿。"

"你没提过他们。"

"他们一定不想这么——这么地为我操心。"

"你根本没有留给他们任何选择的余地,不是吗?"尼尔斯·艾萨克森说道,口气冷冰冰的。

"我在想,"帕特里夏说,"不知道你愿不愿意——愿不愿意陪我走这一趟?"她在脑中用法文构思这个句子,*voudriez-vous m'accompagner?* 她的英文听起来有些怪。他毫无笑容地问道:

"你到底在想什么?"

"艾萨克森先生,我必须亲眼看到先夫的埋骨之处。我不应该就那样地离开他。除此之外,我就不知道了。"

"我反正也没事做,尼莫太太。我会陪你走这一趟的。"

几天之后,他们找到了托尼的坟墓,就在班吉位于沙福克郡的度假小屋附近的教堂墓园里。那是一座典型的东盎格鲁式教堂,坚固严酷的堡垒式高塔建筑。班吉的孩子们就是在那里受洗的。墓园四周围着围墙,里面铺满草皮,还种着几棵墓园常见的紫杉与西洋杉。帕特里夏猜想永久的墓碑应该尚未竖立,草坪也应该还需要更长的时间才能种上去;于是她花了好一段时间,寻找铺着新土、立着暂时性木头记号的新坟。结果是尼尔斯·艾萨克森先找到了托尼的坟墓,耀眼的雪白。长方形坟墓的四边都镶着白色的大理石边,中间则铺满了闪耀的大理石碎片,其中的一端就立着一个也是白色大理石打造的十字形墓碑。他叫住帕特里夏,"找到尼莫了。"她沿着小径跑过来,读着镌刻在大理石上的灰色碑文。安托尼·皮尔斯·尼莫。生卒年月。班哲明与梅根挚爱的父亲。没有鲜花。帕特里夏带了一束银莲,绯红,淡紫,深蓝,蜡白色的银莲花。她站在那里,手里捧着花。尼尔斯·艾萨克森找来一个空的果酱瓶,然后到园丁储放工具的小屋旁的水龙头把水装满。帕特里夏小心翼翼地把瓶子里的花放在墓碑前方。她站在那里,倾听着只闻其声的乌鸦,以及吹拂林梢的微风。尼尔斯·艾萨克森站在远处,没有企图让自己隐形,也没有佯装自己忙着在做其他的事,就只是站得远远的。帕特里夏打开皮包,取出一支深色的眉笔。她在墓碑上写下了几行字,比镌刻的碑文小一些,工工整整的大写字母:

险境已过

再无他物

在那造访的月光之下

她对走过来阅读她的手写碑文的尼尔斯说道:"当我初次意识到自己爱上他时,心中惶恐万分,害怕他终将死去。我会在夜里清醒地躺在床上,反复地对自己念着这个句子。人们会沉湎在不真实的悲伤中,但我是真真实实地害怕他终将死去。"

他们一起站着。泥土里有浓浓的霉味,腐殖土味,还闻得到腐坏衰变的蓬勃能量。帕特里夏说:

"我讨厌这些东西。大理石碎片,方形的坟

墓,所有东西。我喜欢泥土,你知道的,一种缓慢的消逝。这太庸俗了。"

"它自有它的美感。这让我想起了冰雪与北方。"

"我应该打通电话给班吉和梅根。你说得没错,我不该这样对待他们。至少该让他们知道我还活着,安然无恙;银行也许已经……"

"你可以寄一张明信片给他们。"

"明信片?"

"重新联络的第一步。你可以从奥斯陆或斯德哥尔摩寄。或者是特隆赫姆。"

"你打算回去?"

"暂时性的。只是去看看——我姨妈现在过得如何。"

帕特里夏一直到这一刻才真正确定老姨妈确实存在。她站在绿草如茵的英国墓园里,凝视着这一片闪耀的大理石碎片,以及雪白的方形镶边。她想起了尼姆,它就像一颗湛蓝与金色的球,里面装满了奶油色的石头圆柱与方块。她想起了未知的北方,那墨绿的峡湾、冰雪、极光,还有那棵孤树。她说:

"你要我陪你走这一趟吗?"

尼尔斯·艾萨克森拖着笨拙的脚步,走在潮湿的小径上。

"我不会占用你太多的时间。是的,我会很感激你陪我走一趟。这样一来——这样一来我恐怕就不得不占用你好一些时间了。"

"就这么说定了。"帕特里夏·尼莫说。

他们慢慢地走开,肩并肩地。

色芬山的蛇身女妖

> JE veux pousser par la France ma peine,
> Plustost qu'un trait ne vole au decocher:
> Je veux de miel mes oreilles boucher,
> Pour n'ouyr plus la voix de ma Sereine.
>
> Je veux muer mes deux yeux en fonteine,
> Mon cœur en feu, ma teste en un rocher,
> Mes piés en tronc, pour jamais n'approcher
> De sa beauté si fierement humaine.

《人鱼》,亨利·马蒂斯,1948

一九八〇年代中期,伯纳德·莱赛特-基恩终于决定撒切尔夫人主政的英国已然令人忍无可忍;那是个人与人互相倾轧、工业废气污染严重、流动资本忽而太少、忽而太多的世界。他卖掉他位于伦敦西汉普斯特区的公寓,在法国南部的色芬山区买了一幢位于山坡上的小石屋。石屋内有三个房间,还附有一幢谷仓;他将谷仓略为改建后,将其作为冬季的画室、夏季则为储藏物资之用。他不知如何应付这突如其来的独居岁月,于是储藏大量红酒,起初喝得很凶,后来则日渐减少。他发觉若无酒精之助,此地的空气、光线以及极端的寒冷与炎热几乎令人难以消受。他站在屋外的前廊,奋战着这一切,赤身与干冷的北风、往地中海掠刮的落山风以及雷电与翻卷的云朵搏斗着。色芬山区的气候十分极端。白热的日子、黄热的日子、散发着高温燃烧特有的蓝光的热浪轮番来袭。他以热浪与光线为主题创作了几幅作品,也以流经石屋所在台地陡峭的山丘脚下的小溪为题作画数幅,藏青色的画面中点缀着明蓝色的鱼狗鸟以及电光亮蓝的蜻蜓。

他将这些作品装入他的箱型车中,带到伦敦,售得一笔不错的现款;虽然心有鄙夷。他为作品前去接受专访,却发现自己已然失去谈话的习惯。他只是哼着鼻息,瞠视着。他身形高大魁梧,一旦受挫则显得目光灼灼,颇具挑衅意味。他的昔日好友对此颇感不快;他自己则发现伦敦果如他想象中的那般庸碌匆忙、恶臭袭人而不真实。他急忙赶回色芬山区。他以这笔收入在门前那块原本散布着晒得焦黑的泥巴与零星灌木丛的空地上,增建了一座游泳池。

说是他增建的也不太对。真正着手建筑工事的是艾默德庭园工程那两个积极勤快的年轻人;他们丈量、掘土,移走泥浆与巨大的怪石,然后盖了一座嗡嗡作响、满是活栓与导管的发电小屋,以及一个用来滤水的涡轮汽锅。泳池是蓝色的,一种泳池特有的蓝,拼花瓷砖闪闪发亮地罗列着,池底还有一只也是瓷砖拼贴出来、愉悦地做腾跃状的海豚,深蓝色的海豚有着淡蓝色的眼珠。泳池并没有采用一般无趣的矩形造型,而是一种不规则的椭圆,依所在空地地形略呈三角状地簇拥着前廊。它的边缘缀有一圈顺手的白石,在艳阳高照的日子里摸来极为舒服。

两个年轻人对于伯纳德的属意蓝色感到有些意外;蓝色有点丑,他们如是想。现在新盖的游泳池多半采用铁灰或翠绿,甚至是深酒红色。但伯纳德的脑子里充满了在此时节从巴黎搭机前往蒙彼利埃时所能见到的、散布在南方山林中的斑斓蓝影。那是一种执拗顽强的蓝,一种非得要英国画家戴维·哈克尼才得驾驭的蓝。他感到还有一些事情,关于这抹蓝;应该还可以、还必须有别的方式去处理它、对付它。这是一种他必须加以了解,必须起而奋战的一种蓝。他的创作是场激越的缠斗。顽固强硬的南方山林里的这种蓝,这种出众脱俗的蔚蓝,绝对是迥异于好莱坞式的。他的游泳池畔没有健壮的裸男,没有大阳伞,也没有网球场。这里的溪水阴森幽暗,水草丛生;四处是鱼影幢幢、水蛇出没的小浅滩,以及被圆石与巨砾切割成三角形的水流。这抹柔韧的蓝只有在*此种*环境里才得见。

他愈来愈常游泳,试着去了解这抹蓝。但这抹蓝就这样在他鼻子下方,在他眼睛上方摆荡着;这抹蓝就这样淹没包围着他划动的双手、他轻摆的脚趾、他的鼠蹊、腋下以及时时藏有点点气泡的胸毛,要了解谈何容易。他快速前进的身影浸在这池蓝中、映射在池底黯淡粗糙的拼花瓷砖上,形成了一抹更深的蓝,影子还有着一双如桨般划动的巨掌。光线变幻着,一切也随之起舞。在最好的日子里,天上有疾行的云朵,而一池绿蓝霎时蒙上了一层冷冷的灰色调,顷刻却又会有阳光映在水中所形成的、闪烁着金光的湛蓝席卷而来,灰色调于是逃逸无踪。最刺眼的光线在他那浮沉于水中的头顶与下巴前方、形成了一张六角形的巨网,闪耀着彩虹般的色泽,闪耀着液态镀金银箔的光芒,仿佛一摊融化的玻璃浆;在这样的日子里,液态的火焰与池底的海豚一旦交会,那鲜明清澈的蔷薇与铭黄色彩更是因而染上了一丝湛蓝。但水表也可以是一张反射的平面,群树就悬挂其中,还有铝制阶梯伸入水中所形成的两道白色斜线。泳池内壁的阴影是一抹更深沉的蓝,不只是深蓝;是一种不具反射力、只是静静平躺在反射倒影之下的蓝。水池很深,艾默德公司的两个年轻人似乎预期会有许多潜水活动。风会改变水面;为它缝上绲边,为它覆盖毛皮,为它缀上钻石小珠,为它抽折,以水面创作出一幅傻气的拼缝作品。他自己的动作也会改变水面——游得愈久,游得愈快,玻璃般的小丘与山谷也就随之被击破、变形再复原得更多、更快。

游泳是十足的 *volupté*——享乐;他引用了这个法文字,语出马蒂斯的作品。奢华、静逸与享乐。游泳是场费力的战斗,须得处理许多巨大的问题,几何学的,化学的,理解的,形式风格的,以及其他色彩的。他在池子附近种了几盆矮牵牛与天竺葵。鲜明火热的粉红与深紫最是危险,它们会影响那抹蓝。

石头倒容易。几乎是令人感到乏味的容易。他采用了白垩色、浅黄土色、冷灰色以及与之相悖的红热灰色;围绕着他土地四周、以巨石砌成的那堵高大粗糙的围墙上暗影斑斑,而他也可以清楚地解析、处理它们。

问题是天空。朝着一个方向游去,在他前头的是巍峨的绿色山峦,鲜亮黄绿的栗树丛丛密布其上,在天空形成了一个有些无邪而单纯的弧形。若朝另一个方向游去,前方则是悬崖,钵形的光秃峭壁,只有几棵松树偕然孤立,以及触目可见的层层深色页岩。而绿色山峰之上的天空是一种蓝,光秃石崖之上的又是另外一种;即使顶上天空在短暂的几小时中偶然聚合成一致的蓝,那抹丰厚的蓝,那抹钴蓝,那抹南国特有的、历经褪洗的蓝,依旧顽固对抗着池水的诸蓝,时时变幻的池水所拥有的那些泛着墨绿色泽、泛着鸭蛋青黄色泽等等万般不一的蓝。虽然天空也有带着青绿色泽的日子,也有如粉末般朦胧模糊的日子,也有戏剧化低荡的日子;但这些蓝,这些白与金与藏青以及历经褪洗的色泽却怎么也无法与池水的蓝调和、一致——虽然,它们都在相同的一个世界里历经种种光彩变幻。就在这同一个世界里,他与他的影子游着泳,他与他的影子就站在阳光下,挣扎着将这些变幻记录下来。

　　他喃喃自语。何必呢。这又有什么关系。*就算我解开了这抹蓝的谜、然后又从头开始,又对任何事起得了任何改变吗?*我大可以坐下来啜饮红酒。我也可以到哥伦比亚或埃塞俄比亚去帮助那些霍乱病患让自己更有用些。*何必企图在方寸之间呈现出颜料或空气的透明质感呢？我可以就此打住。*

但他就是不能。

他试了油彩与亚克力颜料，水彩与胶彩，也试了大型的设计与小幅单纯平面与复杂并列的平面。他试过以厚涂法捕捉光线，也试过在作品表面平涂上一层透明亮光釉彩，像那些十七世纪荷兰或西班牙画家的丝画一般。其中有一幅作品几乎满足了他；那是一幅在夜间完成的作品，小小的椭圆形薄木板上捕捉着水中的光线以及石头周围的暗影。但他不久即觉得这幅作品太过滥情。他试过以水彩在白底上挥舞层层湿润的蓝彩，他也试过马蒂斯式的片片蓝彩与深紫——池水蓝，天空蓝，以及深紫——他也试过仿效伯那混合了粉彩与胶彩的画法。

他的头脑涨痛，他的眼睛依然出神凝视；他感到风的鞭挞、感到太阳的淫威。

他很快乐。他以一种人类可以感受到快乐的方式快乐着。

一天,他同往常一般早早起身,裸身投入水中,观察着天空中渐露的曙光,以及水中的那抹蓝如何挣脱黑与灰、破壳而出。

他感到耳边有种嘶嘶怪声,鼻翼里也弥漫着一股恶臭,可能是硫黄味,他不太确定;他的眼睛因职业关系而磨炼得异常锐利,但他的嗅觉却早因酒精与松节油的磨损而迟钝不堪。他的动作划过宁静的水面,激起许多气泡,气泡破开,形成一群群细微的泡沫,然后便凝滞在水面。他的身后开始凝聚一道拖曳的白色痕迹;这让他想到受到污染的河流、皮革染厂的废水管以及废弃的矿场。他立刻起身淋浴。他送了一封传真到艾默德庭园工程公司。天堂成了地狱。原先可以闻到的淡淡的薰衣草香与盐味如今换成恶毒的臭气。你们对我的水动了什么手脚?变回来,给我变回来。我无法与这种气味共存。他的法文比他的英文来得夸张花俏。我被污染了,我的工作被污染了,*我无法继续下去*。要怎么让那两个年轻人了解这种冒犯的严重程度?他像只愤怒的黑豹在前廊来回踱步。这股恶臭像沼泽水草般蔓延过花盆,蔓延过薰衣草丛。一辆墨绿色的厢型车向这边驶来，车身上还漆着一座游泳池与一棵棕榈树。这幅蓝绿相间的车身广告毫无困难而准确平衡地掌握了那棘手的水蓝色；这使得他每次看到这辆厢型车时，心中便感到既欣慰又恼怒。

那两个年轻人沿着池边跑来，眼睛注视着池水，短裤下的古铜色双腿肌肉发达，穿着运动鞋的脚轻盈地踏着步。太阳自葱绿山丘探出头来，照亮了瘟疫蔓延的水表，苍白地化着脓。"这没有大碍啦，"年轻人说，"这是我们掺进水中以对抗藻类的一种制剂，这倒不是说你*有*藻类的问题，伯纳德先生，只是怕它万一出现，就是一种预防措施啦。它一两个礼拜就会挥发殆尽，泡沫就会消失了，水就会恢复清澈了。"

"把水放掉，"伯纳德说，"就是现在。现在就把水放掉。我才不要与这股气味共存两周。还我干净含盐的水来。*这水是我的生命之作*。现在就把水放掉。"

"这可要好几天才能重新注满水，"其中一个年轻人说，很法国式地接受了伯纳德这番不顾一切的要求，"还有配额的问题，一次能取用多少水是有一定上限的。"

"我们可以用河水。"另一个年轻人说。这段表达在法文中的意思是很直截了当的,直接自河中取用,就像钓鱼时直接自河中取用鱼儿一般。"水会很冷,来自山上的源头、冷冰冰的水。"艾默德的两个年轻人说道。

"动手吧,"伯纳德说,"就抽用河水吧。我是英国人,我在北海里游泳,我就喜欢冰冷的水。动手吧。*现在就动手*。"

两个年轻人跑上跑下地打点。他们开启了导向山边的灰色塑料水管上的龙头。泳池发出了嗖嗖的叹息声,然后,在叹息声中,水位开始下降了。这同时,在下方山坡上,一股冒着泡沫的洪水散布开来,笑闹着、雀跃着,一时蜿蜒、随即分流,然后全部席卷入河。伯纳德跟在年轻人身后,叨念着:"看看那些泡沫。我们在污染河川。"

"不过是两公升的制剂罢了,安全得很。每个人的游泳池里都有的,伯纳德先生。那是一种实验试用通过、用来*净化水质*的产品。"就只有你,他愉悦的声音里暗示着,顽冥不灵地拒绝使用。

· 火与冰的故事集 ·

泳池成了一个大坑洞。拼花瓷砖在阳光下无力地闪耀着,看来有些可悲。那是个深蓝色的大坑,表面质地枯燥黯沉。几乎像浴室的地板。海豚失去了活力,失去了光芒,失去了它腾跃而起的张力,成了一只平板呆滞的大鱼。伯纳德从较深的一端张望,再换到浅的一端,然后抬起头来,视线越过下方的石墙,注视着山坡上那滩中止于荨麻与刺黑莓丛的泡沫。水几乎花了一整天的时间才全数流尽,最后还发出像是伯纳德儿时的浴缸排水孔噩梦放大版的巨大声响。

两个年轻人再度冒出头来,手里拿着一条活像黑色巨蟒的超大型橡胶水管,以及一个外形像鱼雷或水肺的装备。山坡十分陡峭,而咯咯轻笑的绿色小溪便蜿流其下。伯纳德站着观看。盘绕的水管被摊直开来,泵房接上电力,一种奇异的声音于是跟着响起,砰,砰,规则地敲击着,仿佛一颗巨大心脏的跳动声,在翠绿山林间回响着。水开始自水管开口泉涌而出,流入这个干涸可悲的深坑中。水位慢慢地上涨,拼花瓷砖也随之一点一滴地恢复元气,如水晶般闪耀着。

"这得花一整夜才灌得满了,"年轻人说,"但不必担心,就算水漫出来也不会流进屋子里。坡这么陡,水会顺着流回河里去的。明天我们会再回来调整水位,启动过滤器,然后你就可以游泳啦。不过水会很冷就是了。"

"*我认了*。"伯纳德说。

山坡上那条黑色水管像只大牛蛙似的,砰砰,砰砰地呼号了一整夜。水位整夜不停地上升,静谧而有力。伯纳德辗转难眠;他在前廊来回踱步,凝视着水池内壁上的那道银线匍匐地向上攀升、凝视着略带绿色的池水摇摆荡漾。他终于回房就寝。第二天一早醒来,他发现自己的世界已遭河水淹没,而河岸上的心跳机却仍在运作,砰砰,砰砰。他看着一条小鱼在他前廊的地板上疾速滑行、从边缘滚落水中,然后便跟着向下川流的水流,顺着山坡回到河中。一切闻起来潮湿而新鲜,丝毫不带硫黄或净化过的水的味道。他的朋友雷蒙·波特自伦敦来电,告知即将来访;伯纳德向来不会应付访客,于是企图将这场甜美的洪水描述成一场小型灾难。

"你不会想要河水的啦,"雷蒙·波特说,"要是有肝吸虫、水蛭什么什么的怎么办？"

"色芬山区没有水蛭。"伯纳德说。

艾默德的两个年轻人依约前来；他们关掉泵房，机器先是哼叫了几声，然后便戛然而止。池水有了一种先前没有的草绿幽深。那是一种令人心生喜爱的颜色，一种自然的颜色，一种能与山丘和谐共处的颜色，全然不是伯纳德先前专注处理的问题。水会转清的，年轻人向他保证，一旦过滤器开始运转。

伯纳德在这池绿水中游泳。他的身体立刻进入那熟悉的律动中。他低头审视自己的影子，却感觉眼角似乎捕捉到池水深处一丝漩涡似的骚动，一个呈盘绕状的暗影。是会有些奇怪，他自言自语道，如果底下真有一只大蛇四处盘桓。海豚是墨绿中的一抹幽蓝。伯纳德展开四肢，漂浮于水中。他听到水面波动的声音，转头一看，发现一只黄绿色的青蛙正跟着他一起在水中载浮载沉。青蛙的颊上与身躯末端各有一个橙红色的斑点，像极了扇贝卵的颜色。它用后腿奋力一踢，便消失在网构之中，不久却又探出头来，瞪着伯纳德看。它喉部的下方不停地鼓动着，鼓动着，奶油一般的颜色。它再度出现时，伯纳德将双手伸至它冰凉潮湿的身躯下方、拱成杯状，一举将它抬出水面；它用它那细小的指头紧紧攀附住伯纳德的一根手指，然后便纵身一跳，逃走了。伯纳德继续游泳。池底深处仍有一些异常的骚动。

这个情况持续了好一段时日——虽然艾默德的年轻人开启了过滤器、在池水中倒入了几袋白盐，也确如承诺地复原了池水原有的透明蔚蓝。偶尔他会瞥见一个不属于他的影子，偶尔他也会感到池中有什么东西尾随其后；他可以感觉到水波的打漩、拖曳。这倒不至于造成他的恐慌，因为他既相信又不相信自己的感官直觉。他喜欢想象一条蛇；伯纳德喜欢蛇。他喜欢行动灵敏的水蛇，以及会在岸边草丛里出没的银棕色草蛇。

他有时会夜泳。正是在这样的一次机会中，当他打开池底的灯光、将一池水照得宛如青绿色的牛奶时，他第一次看到了那条蛇；短短几秒钟的时间，却是历历在目。蛇身十分巨大，就在那一池牛奶的底部,交错盘绕成两个 8 字形;他从来没有见过这样的一条蛇——蛇身看起来像丝绒般光滑黝黑,上面有着绯红的长条纹以及孔雀羽毛翎眼斑纹;银白色的月形斑点四周缀着金色、绿色与蓝色。而这一切在深水中显得时而朦胧、时而鲜明,仿佛会呼吸似的。伯纳德并没有试着去触摸它;他只是小心翼翼地坐着,凝视着。他看不见头尾;蛇身盘绕的形状宛如一条连续不断的莫比斯带。蛇身的颜色在他眼前变幻着:金色与银色的部分忽明忽暗,像无数盏小灯;翎眼一收一放,而长条斑纹则先是如熊熊燃烧的赭红与朱红,后又变为紫色,再转成蓝色、绿色,在彩虹色谱上来回穿梭。他试着专业地将这所有的形状与色彩记在脑海。他昂首夜空。大熊星座低垂着,而猎户座的三颗明星则衬着丝绒般的夜幕、闪烁着白金色的光芒。当他回头看时,珍珠色泽的池水就在那里,空荡荡的。

许多人也许早已失声尖叫、仓皇奔逃;勇敢一点的可能会拿泳池杓网去刺它戳它,更过分的甚至已经取出猎枪。然而,伯纳德却看到了他苦思已久的问题的解答,至少是夜间的解答。在夜空与那些闪烁不定的翎眼与月形斑纹之间,池水的颜色溶解了、淡出了;它成为一个媒介,一种用以盛载那抹黑暗的工具——那抹间缀有闪闪发光的生动色彩的漆黑。他立刻回到屋内,以水彩与胶彩记下笔记。当他再度回到屋外时,池子却已经空了。

接下来的几天他既没有看到、甚至也没有感觉到蛇的踪影。他试着回想,试着在作品中画下它的斑纹,却显得犹疑不决而色彩稀薄。他更常游泳了,时时召唤着它。"回来吧,"他对着深处那抹宜人的蓝呼唤着,他对着那错综缠绕的彩虹线条呼唤着,"回来吧,我需要你。"

然后,有一天,当山峰背后正凝结着一场雷雨、天幕低垂而池水一片死寂之时,他再度感到那股异常的拖曳水流;他立刻四下搜寻,快,快,企图捕捉蛇影。就在那里,一颗头奋力伸出水面,就在他的头旁边;蛇身则盘绕在他身体的下方,那不可思议的黑色天鹅绒,那闪闪发亮的星月、孔雀翎眼,以及绯红的长条斑纹。

那是一颗钻石形的蛇头,几乎有他的头一半

大小,黝黑而满布鳞片,头顶上则奇特地悬着一个散发微光的小小光圈,仿佛是它私人的彩虹。他小心翼翼地转头,注视着它;映入眼帘的是一双有着浓密睫毛的大眼,那是一双人类的眼睛,亮晶晶、水汪汪的乌黑大眼。他张开嘴,意外吞下几口池水,咳了几声。它看着他,然后也开口了——它的口中满是小巧整齐、如珍珠般的人类牙齿,一根顶端分叉的深色舌头晃动着,自齿间突兀地穿刺而出。蛇,完全是只蛇。伯纳德突然被一种似曾相识的感觉轻刺了一下。它叹息,然后说话了。它用的是色芬腔的法文,有许多嘶嘶的齿擦音,但尚可辨认。

"我好悲伤啊。"它说。

"我很遗憾。"伯纳德蠢蠢地回答道,脚打着水。他感到黑色的蛇身滑过他赤裸的双腿,尾巴尖端划过他的私处。

"你是个美丽的男人。"黑蛇含情脉脉地说。

"你是条美丽的蛇。"伯纳德客套地答道,望着它那荒谬的睫毛一眨一合的。

"我不全然是只蛇。我是一个被施了魔咒的女妖,一个蕾米亚。如果你愿意亲吻我的唇,我就会变成最美丽的女人;如果你愿意娶我为妻,我将获得永生的灵魂。我会永远忠实,我会为你带来权力与财富,还有你从来想象不到的知识。但你必须信任我。"

伯纳德转身,移动一下身体,将古铜色的双腿自那团盘缠的色彩中抽出来。蛇叹息了。

"你不相信我。你鄙夷厌恶我此刻的外表而不愿意碰触我。我爱你啊。我看着你好几个月了,我热爱、我崇拜你的一举一动,你壮硕有力的身体、你不怒而威的神情,还有你作画时双手的动作。在我千年的岁月中,从来不曾见过如你这般完美的男子。我愿意为你做任何事——"

"任何事?"

"喔,是的,*任何事*。开口吧,不要拒绝我。"

"我要的是,"伯纳德一边说,一边游向泳池对着峭壁的一端;而蛇则在他身后将细长的身体完全地伸展开来,"我要的就只是能为你画像,*就以你现在的形貌*;我有我自己的理由,也因为我觉得你很美丽——如果你答应在此多停留一些时日,以蛇的模样——还有那些不可思议的色彩与光泽——如果我能捕捉你*在这池子中的形*

影——只消一些时日——"

"然后你将亲吻我,将娶我为妻,而我将拥有永生的灵魂。"

"现在已经没有人相信所谓永生的灵魂了。"伯纳德说。

"你相不相信无所谓,"蛇说,"你就有一个;而如果你背弃与我的约定的话,它将受到无尽恐怖的折磨。"

伯纳德并没有点明他根本没有做下任何约定、他对于她的要求尚未置可否。他急切地渴望她以她现在的形貌继续留在池子里、直到他解开这些颜色的谜;他几乎已经准备好要接受这浮士德式永劫不复的惩罚了。

接下来是相当忙碌的几个星期。蕾米亚在池子里惬意地闲荡着,接受伯纳德的各种安排指示,水面下或水面上,3字形或6字形或8字形或O字形,或是做螺旋状或是紧紧盘绕。伯纳德作画然后游泳,游泳然后作画。他发觉蕾米亚紧追不舍的调情示爱太具压迫感,于是渐渐减少游泳次数;虽然他偶尔也会鼓励她。他会轻拍她光滑的侧身,将她的尾巴缠绕在自己的手臂上,或者是以自己的手臂环绕着她的尾巴。他从不画她的头部,他觉得它丑陋可鄙而令人厌恶。伯纳德喜欢蛇但不喜欢女人。蕾米亚以女性的直觉,不久便开始感受到他对她这方面缺乏热忱。"我的牙齿,"她告诉他,"衬着蔷薇色的嘴唇将会显得无比可爱,我的双眸在人类的脸上将显得神秘而动人。吻我吧,伯纳德,然后你就会知道。"

"时候还未到,时候还未到。"伯纳德说。

"我不会永远等待。"蕾米亚说。

伯纳德想起来自己曾在哪里"看过"她。一天傍晚,他终于找出济慈的诗集,而她就在那里;那牙齿,那睫毛,那些斑点与条纹,那宝蓝、翠绿、紫晶与银红。他始终觉得那牙齿与睫毛着实令人心生厌恶,还以为济慈又如往常那般毫无节制地堆砌词藻堆过了界;如今他才明白,济慈必曾亲眼目睹、不然就是读过曾亲眼目睹的人的记载,并且对她那令人狂热的美感与令人作呕的丑恶,也曾有过相同复杂混合的感觉。人类学家玛丽·道格拉斯说过,所有*混合*的东西,比如说非人也非鸟者,总是会激起厌恶与禁忌。可怜的蕾米亚真是一团糟,至少她的头是如此。她那双时露哀求之色的眼睛令人毛骨悚然。他放下诗集,抬头望去,却看到她那张蛇脸正透过窗子悲伤地凝望着他;她头顶的光环烁着微光、牙齿也如珍珠般闪闪发亮。他确保门窗一一上锁:他可不想在熟睡中被意外偷吻。他们成了彼此的囚犯,他与她。他一边作画,一边却在思索着该如何脱身。

作画方面倒是颇有收获。蛇身的色彩是这个方程式的第四项,泳池>天空>山与树>画。它们在蓝绿色调中愉快地移动着,时分时合,伯纳德的脑细胞也随之律动得愈发激昂;这终于惹恼了蕾米亚,身上的色彩也因之愈发乏味黯沉。

"我好*悲伤*啊,伯纳德。我好想成为真正的女人。"

"你已经等待千年的岁月了,再给我几天的时间就好了。"

"你看到我有多么慷慨容忍了,即使身受剧痛。"

如果雷蒙·波特未曾依约前来、事情的发展

又会有什么不同,恐怕永远无从得知了。伯纳德早已忘了那番关于肝吸虫的对话,以及雷蒙承诺或说是威胁要来访的事了。直到有一天,他听到车道上轮胎转动的声音,看到雷蒙那辆深红色的宝马缓慢地开上了斜坡。

"快躲起来,"他对蕾米亚说,"不要乱动。那是个惹人厌的英国男人,会大吼大叫的那一种;他嗓门奇大,爱奚落人,还抽雪茄,是个十足的坏消息;*快躲起来。*"

蕾米亚一溜烟钻到水里,激起的一阵水泡宛若银河。

雷蒙·波特笑容满面地下了车,手里捧着一只野猪腿、一袋做炖蔬菜的材料、一箱红酒,还有好几瓶威廉梨白兰地,生命之水。

"我带补给品来了。炉子在哪?"

他下厨做菜。两人在向晚的前廊上用餐。伯纳德没有打开泳池底的灯,也没有提议雷蒙可以游个泳。事实上雷蒙根本不喜欢游泳;他不喜欢让人看到他肥胖的身躯。他就喜欢吃,还有抽烟。两个男人都喝了不少红酒,又追加了不少白兰地。山林里特有的气味混杂着烤猪皮与雪茄烟的味道。雷蒙醉眼惺忪地凝视着伯纳德的近作。他宣称那幅作品有些邪恶,非常惊人,有点诡异,不太寻常,颜色说不上来的怪,是不是过火了点？他频频转向伯纳德,想征求他的回答,却屡屡得不到反应;疲惫不堪又多喝了点的伯纳德早已沉沉睡去。两人于是回房睡觉。伯纳德半夜起身小解时并未如往常那样关上卧室的窗户;一扇百叶窗砰砰地撞击着。但是他并未被亲吻,毫发无伤;他于是再度陷入昏睡。

第二天清早伯纳德率先起床。他泡了一壶咖啡,然后骑脚踏车去镇上买了一些吐司、牛角面包与几颗桃子。他布置好前廊上的餐桌,在一只蓝白相间的水罐中倒入了一些加过热的牛奶。泳池一片平静,池水静静地对着静静的天空不太相称地闪闪发光。

雷蒙下楼时制造了一些声响。这是因为他手里挽着一名年轻女子。女郎有着一头以指甲花染料染过的如瀑黑色长发,身穿一件法国南部市集中随处可见的透明薄纱洋装。细肩带洋装长及小腿,紧紧攀附着她的身躯,染成有些过时的棕黑色衣料上还缀着一些神似青豆的绿色圆点。这原本可能是一件外出服,也可能是件睡衣;唯一可以确定的是女郎在洋装底下未着片缕,神秘的三角地带随着臀部的动作而若隐若现。她的乳房硕大而突出,这个字眼突然跃入伯纳德的脑海里:突出。她的乳头顶着薄纱,十分明显。

"这位是梅兰妮。"雷蒙说道,一边为她拉开椅子。她以女演员式的动作将秀发拨到脑后,优雅地入座;她轻轻撩起裙摆,注视着自己的脚踝。她有着雪白光滑的长腿以及非常漂亮的双脚,脚趾甲上还涂着略带粉红色泽的亮光指甲油。她随意转动双脚,热切地欣赏着它们。她涂着厚厚的粉红色唇膏,满足地对着自己的脚趾微笑着。

"你要咖啡吗?"伯纳德对梅兰妮说。

"她不会说英文。"雷蒙说。他靠过身来亲吻她锁骨之间的深沟,发出了啧啧的声响,"是不是啊,亲爱的?"

他显然毫不打算解释她的存在。他看来似乎甚至不知道自己欠伯纳德一个解释,或者他自己根本也不清楚她到底是哪里冒出来的。他只是深深地着了迷。他的手指像是被磁铁吸住的针头般离不开她的秀发:他不停地起身,亲吻着她的胸部、肩膀与双耳。伯纳德嫌恶不已地看着雷蒙用他那肥厚的舌头搜括着梅兰妮耳壳的螺旋。

"你要来点咖啡吗?"他用法文对梅兰妮问道。他指了指咖啡壶。她以一种柔软弯曲的动作快速地凑过头去,嗅一嗅,然后暂停在牛奶壶上方。

"这个,"她说,指的是壶里的热牛奶,"我要喝这个。"

她用覆盖在纤长浓密的睫毛下的乌黑大眼注视着伯纳德。

"祝你快乐,"伯纳德用色芬腔法文说道,"你和你永生的灵魂。"

"嘿,"雷蒙说,"不要用外国话和我的妞调情。"

"我不调情,"伯纳德说,"我只会画画。"

"那么我们早餐后就动身,不打扰你画画,"雷蒙说,"你说是不是啊,我亲爱的?梅兰妮想要——梅兰妮没有——她没带来——你是知道的——她的衣服什么的。我们要去戛纳为她添购些真正的衣服。梅兰妮想要去看看影展和那些明星。你不会介意吧,老朋友,你原本也不想要我来的。我可不想打扰你*作画*。*Chacun à sa boue*,人各有志;就像我们在军中常说的这句老话。我就只会这句法文。"

梅兰妮伸出她一双漂亮圆润的手,无比满足地内外翻看。雪白的双手略带着粉红色泽,一样也涂着亮光指甲油。她忽略雷蒙,只是不停扭动着头,可能是对他不时对她迸发的肉体冲动感到欣慰,也可能是有些恼怒。她不发一语。她对着她的牛奶发出了浅浅的微笑,像只满足的猫咪,露出了她粉红晶亮的双唇间那两排小巧珠白的牙齿。

雷蒙只花了一点时间便打包完毕。原来梅兰妮也有一箱行李——一只装满叮当作响的钱币的绿色大皮箱,根据声音判断。雷蒙像侍奉公主般地将她迎进车里,然后回头跟老友道别。

"祝你玩得开心,"伯纳德说,"小心哲学家。"

"我上哪儿去找哲学家啊?"雷蒙问道。他当年在艺术学院主修的是剧场设计,跟伯纳德是同学,现在则是为一个颇受欢迎的儿童电视节目"惊异怪物奇谭"设计布景。"哲学家已经绝迹啦;我看你脑筋有些问题了,老朋友,给你自己来回踏步踏出来的。你需要一个女朋友。"

"不必了,"伯纳德说,"祝你有个美好的假期。"

"我们要结婚了。"雷蒙说道;他看起来有些讶异,仿佛脱口而出之前自己也不知道似的。梅兰妮的脸出现在车窗外,柔软双唇间珍珠般的牙齿依稀可见,乌黑的眸子凝望着。"我得走了,"雷蒙说,"梅兰妮在等着呢。"

他们走后,伯纳德再度回到独处的天地。他看看自己最新的作品,发觉其实不错;受到鼓励后,他于是又去看看稍早的作品,也觉得不错。那些蓝,那些难解的问题,那些几乎的答案。如今唯一的问题是,现在又该往哪里去。他来回走动,想起了哲学家,笑了。他拿出济慈,重读了蕾米亚一诗中那骇人的一幕——新娘在哲人恶毒无情的注视下,香消玉殒。

> 只消冰冷哲学轻轻一触,
> 一切魔法魅力还不霎时灰飞烟灭?
> 天空曾有一道彩虹如此壮丽:

人们勘透它的质地与纹理,
将它编入平凡事物无趣的目录里。
哲学使天使折翼,
以规则与模式征服所有神秘奥理,
将神仙鬼魅扫荡无遗——
它拆解了彩虹,一如它顷刻之前才使
纤弱的蕾米亚化作幻影。

以他个人来说,伯纳德对自己说道,他从来就不同意济慈这些想法。济慈在此所言的哲学意指自然科学;而他个人,伯纳德,宁可要能够解释水中分子波动与彩虹光线的光学奥理,也不要什么老神仙或小精灵。即使当他的泳池里还栖息着一条美丽的黑蛇时,他对于反射与折射现象的兴趣,绝对也不亚于对于那条蛇的奇特——或该说是它的非我族类——的兴趣。他可不希望有朝一日哪个自然科学家发现梅兰妮的血型跟疹子什么什么的一样,或者是帮她照了 X 光片,却发现她脊椎有什么异于常人之处。好一个粗鄙冶艳的女人,他想,配雷蒙倒刚刚好。他有些好奇她原本会为他成为哪一种女人,不久又抛开了这个想法。他不想要女人。他要的是另一个创作的启发与构想。一种可以用规则与模式加以阐释的奥理。他环视他的早餐桌。一只难以形容的橘棕色的蝴蝶正在啜饮着那几颗没人搭理的桃子的汁液。它翅膀的底部有着一个金色的翎眼,还有一个相当迷人的白色斑点,形状有些像是小型的龙翼。它就站在闪闪发亮的鲜黄果肉上,颤巍巍地吸食着甜美的汁液;突然间,它不再是橘棕色的了,它成了一种丰厚、闪亮而强烈的紫色。然后,两种颜色突然又一起浮现,橘金色蒙着一层紫影,然后又变回紫色,然后它倏地收起翅膀,翅膀的另一面有着紫色的翎眼与柔绿色的斑点,还有黄褐色,白底勾勒着炭黑的边……

他拿了画箱跑回桌边时,它还在原处鼓动着翅膀,啜饮着。他调出紫色,他调出橘色,他调出深浅不一的棕色。他一笔一笔地点在画布上,也捕捉了折射的光彩。他悉心调制颜料,悉心忖度算计着,小至翅膀上的鳞片都不曾放过,一切都是谜,蛇与水与光。他再度陷入。准确的研究不会使它折翼,它只会以清亮之光眩惑他的双眼。别走,他哀求着,观察着,学习着,别走。紫色与橘色是艰巨而极端的组合。又将是好几个月的工作。

伯纳德义无反顾。他很快乐；他以人类可以感到快乐的方式之一快乐着。

冰 寒

威尼斯式高脚酒杯,十七世纪

在一个遥远的王国里，一位公主诞生了。王国位于一块大陆的中央，并不滨海，只有澎湃蜿蜒的河流，以及广袤的落叶林与葱绿的草原。在众人热切的期盼下，公主就诞生于一个和煦蔚蓝的夏日。她是国王与皇后的第十三个孩子，却也是唯一的女儿；在十二位王子接连诞生之后，众人翘首以盼小公主的降临——她的母后渴望着些许温驯与柔软，而国王则对精致与美丽渴慕已久。那是一个漫长的分娩过程，历经一日一夜；就在太阳开始在天际崭露头角，却尚未温暖大地之际，公主终于破啼而出。跟所有的婴孩一样，公主落地时浑身裹着一层白蒙蒙的胎脂，皱巴巴的，还有着一头湿滑油腻的黑发。她看来瘦小纤弱，却无妨体形的完美匀称；护士们洗掉她身上的胎脂后，血液霎时开始循环奔流，晕红了公主细小的指尖以及原本泛蓝的嘴唇。她的皮肤是如此白皙、透明，底下窜流的血液因而显得如火般鲜明强烈；而她的头发在洗去那层湿黏的油蜡后,蜕变为一层柔软乌黑的皮毛,服帖地拳曲在她的头上。她是如此美丽。她那精疲力竭的母亲将她轻拥在胸前,然后带着无比的兴奋与满足宣布道,她将小公主命名为"绯玛萝莎",一个方才跃入她脑海的名字;绯玛萝莎,蔷薇色,一个完美贴切的名字。国王大步迈入房间,用他的一双巨掌将裹着蔷薇色包巾的小公主高高捧起,她的小脚在空中挥舞着,而她那张沉着镇定的粉红色小脸则轻轻地打着哈欠。国王继承了先祖的血统,体形高大威猛,金色的腮胡,低沉威严的嗓音,以及盈盈的笑意。跟历任的国王一样,他是个极力避免冲突战乱的好战士,一个不曾屠戮大批无辜生灵的好猎人,仅只是享受追逐猎物的乐趣与挑战、森林深处的静谧黑暗以及河流的湍急澎湃。他一眼便爱上了他楚楚娇弱的小女儿,就跟天下所有的父亲一般。没有人能够伤害你,他对怀中的小公主说道;婴孩舞动的小手摩挲着他柔软卷曲的胡髯,小巧动人的手指轻触着他温暖的嘴唇。没有人,绝对没有人。他亲吻妻子溽湿的额头,而她还报以一笑。

绯玛萝莎几个月大的时候,原本炭黑的头发渐渐褪去,一纠纠一缕缕地散落在蓬软如丝的小枕头上;取而代之的是淡金色的新生秀发,它们的颜色是如此的淡,在光线照射下闪烁着银色的光芒。它们缓慢而坚定地生长,渐渐地覆盖住她的额头及纤细的颈子;淡金色的发丝衬在她雪白的肌肤上却绽放出如阳光般耀眼的金黄色泽。小公主贪婪地吸取母亲的乳汁,肤色也随之褪成乳汁般的雪白;先前的蔷薇肤色仿佛不曾存在过,柔软的白玫瑰花瓣取代了一切。她的骨架无比纤细,婴孩特有的圆胖丰满对她来说成了转眼即逝的历程;虽然还在襁褓之中,她的颧骨已显得清削消瘦,鼻子与下巴形状美好,手指与脚趾则纤长细致。淡如白雪的眉毛与珍珠色泽的眼睑下是一双深色的眼睛,无以名之的深沉色泽只能暂时谓之湛蓝。这个婴孩,保姆是这么形容的,宛如最精致的骨瓷。她看来是如此的脆弱,不堪一击。她仿佛也知道自己的易碎一般,动作总是静悄轻盈,小心翼翼。随着她逐步学会了爬行、站立与行走,她也愈发出落得白皙而纤瘦。医生们宣布小公主天生体质娇弱敏感,必须长保温暖,他们宣称道,还必须经常歇息。食物的营养当然也不容稍刻的轻忽——他们于是源源不绝地为她送上以大量肉块与蔬菜熬煮出来的浓汤,滋养丰富的奶油与蛋蜜汁,新鲜蔬果与各式甜点。如此的呵护养育果然奏效:公主苍白的四肢日渐圆润,美丽的嘴唇嘟嘟翘翘的,小小的拳头上甚至也挤出了隐约的小窝窝。但奶汁般的小人儿仍旧无精打采;她总是低着头,闪亮的秀发像平静无波的水面般低垂披挂着。她在正常的年龄学会走路,在正常的年龄开始牙牙学语,也温顺驯柔地学会一切行止礼仪。她经常不住地张口哈欠,贝壳般粉红的嘴唇张得大大的,露出了一排小巧晶莹的贝齿以及蔷薇色的舌头与咽喉。她学会以一只软弱无力的手来遮掩这种不由自主频繁出现的哈欠,整个动作弥漫着一种慵懒的氛围;在另一方面,也曾一度使她的母亲联想起某种无声的长嗥或哭泣。

从来没有一个小女孩像她这样受到百般的爱怜。她的父母爱她,她的保姆爱她,她的十二个哥哥——从已成年的大哥到还是小男孩的小弟——也都爱她。他们尝试以各种方法来取悦她,希冀能让她苍白的脸颊染上一抹蔷薇红晕、能为她柔软的嘴唇带来一抹笑意。在和煦的春季里,他们会为她细细裹上一件羊毛毯与毛皮软帽,将她放在小推车中外出散步;但她只是深深地陷在柔软丰厚的枕头里,茫然无神地望着群树与天空。她有一个专属于她的小玫瑰园,里面有着一个小水池,蔷薇色的鱼儿在墨绿色的池水中悠然来去;还有一个秋千——在最温暖、最晴朗的日子里,她的哥哥们会以温柔的动作推着她来回摆荡,而她也只是将脸颊轻轻地靠在冰凉的秋千铁链上,低头凝望底下的如茵绿草。小花园里偶尔也会举行野餐,穿着薄纱洋装的绯玛萝莎轻倚在草坪的斜坡上,宽边草帽以一个绑在下巴上的粉红色蝴蝶结固定在她头上,保护她免受日晒摧残。人们发现她对于几样东西有着特别的偏好:以黑莓与覆盆子调味的冰水,以及冰镇的西瓜切片;这两样东西可以为她通常毫无表情的面容带来一抹一闪即逝的微笑。年龄渐长后,她还喜欢躺在绿油油的河岸上观赏她的哥哥们打羽毛球,但是任何企图要她加入的邀请都只会引来一阵连天哈欠,或是不住地打盹,甚至使得她干脆回到皇宫内阴暗的房间里。哥哥们也会为她带来礼物,但无论是羽毛缤纷的小鹦哥或甫出生的小猫都无法打动她,除了一面镜子之外——那是来自大哥的礼物,周围与把手上都镶着盛开玫瑰的银制小手镜;她似乎对它有着奇异的偏爱。

她的家庭教师也爱她。他是个才华洋溢的年轻人,注定要成为一名杰出的教授;他正在着手撰写关于王国的历史,甚至上溯至远古的传说,并且对于功名利禄毫无兴趣。她经常性的无精打采并无妨他对她的爱;他对她深感同情,爱怜之意油然而生。偶尔也会有那样的吉光片羽,就连他也想不出是什么因素的作用,总之她突然能够坐得直挺挺地专心上课,并以一则精确完美的计算,或是一篇对于一首诗或画作的精辟见解,出乎意料地使得他惊喜、赞赏不已。她绝非脑袋空空的花瓶,绯玛萝莎;只不过在绝大多数的时间里,她总是像个稻草人似的了无生气。她哈欠。她打盹。他有时必须暂离书房,去拿本书什么的,回来后也总是发现她趴在桌子上,头部深深地埋在雪白色的手臂所围成的圈圈里;一幅疲乏倦怠或透顶无聊的景象,或者,也许有那么一丝丝的可能,这画面象征的正是她心底的无助与绝望。在这样的日子里,他总会问她,她是不是感到身体有什么不适,她会说,不会啊,怎么会呢?一派空洞、温和而充满疑惑的表情。我没感觉到有什么不同啊,她说。我一直都是这么感觉的。她说,而他以无比的耐心思索着。他起身关上窗户,借以阻隔外面的寒气。

在她早岁的日子里,全球气候依次进入了一次冷却的循环。秋天来得愈来愈早,小花园里的玫瑰花瓣与叶片被风刮得四散纷飞,夏末的空气中已带着一丝凛冽的寒意,尚未跨入新的一年地上即已铺满瑞雪。皇宫上下忙着为公主打点一切,再三确保她不受风寒之侵。皇宫四处都挂上了重重的天鹅绒帷幕;在隆冬的夜里,他们还会为她拉上床帘,并在她寝室漂亮的壁炉里燃烧柴火,熊熊火焰反射出来的彩色光幕在房里四处流转,追逐过雕花天花板,再流窜入墙上柔软的帷幕。绯玛萝莎即将告别少女时代,几乎已然出落成一个小女人,而她却深受梦境之扰。她梦到一个不知名的深蓝色空间,她在其中得以不费吹灰之力自由来去,以高速穿越一片黑白相间的田野与森林上空。在梦中,她听到墙外的狂风怒吼、叫嚣;这阵刺耳的哀嚎终于将她吵醒,而她也终于亲耳听到了顷刻之前还以为只存于梦中的声音。风声多变:时而温柔、时而尖锐,时而急速前行、时而迂回打转。绯玛萝莎想要亲眼看个究竟。在羊毛睡衣与层层毛毯的覆盖包围下,她感到仿佛就要窒息。她起身走到窗边,一手拉开了窗帘。在厚重的窗帘后面,她的气息以及整个房间蒸酝的热气,在玻璃上凝结成晶莹闪烁的雪白羽毛与花朵,好一个魔幻奇境,失去比例的河流与支流还有冻结的瀑布。透过这层透明的水汽,她可以看到埋在白雪下的草坪与树丛,以及近在眼前、垂挂在屋檐下的长长的冰柱。她将脸颊贴在冰冷的玻璃上,寒冰如烈火烧灼般刺痛了她的肌肤,她心中却袭过一阵激越猛烈的快感。她柔软的肌肤就这样轻轻地依附在寒冰之上。她的视线冻结在窗外,扫过草坪上的积雪所造成的隆起圆丘,那深蓝色的阴影,从她房里倾泻出去的点点火光,以及黯淡月光投射在地面上的光影。她的身体因强烈的欲望而苏醒,而颤抖;她多么渴望赤身躺在那片雪地之上,展臂拥抱它,将她的手指、脚趾深深地插入那无瑕的清澈之中。然而这完全违背了她到目前为止的短暂一生中所受到的教诲;她自窗前抽身,告诉自己那片白雪看来固然柔软而美丽,事实上却暗藏危险与威胁;一切都只是玻璃造成的幻象与错觉。

但是一直到第二天,她却始终摆脱不去这个已经深植在她的脑海的影像:她赤裸的身子尽情伸展在那片丰厚的雪地之中。当天晚上,趁着夜幕低垂、皇宫里外万籁俱寂之际,她披着一件印着夏日野花图样的丝袍,悄悄地溜下楼去,四处查探是否有通往花园的小门。结果是,她所能找到的门全都上了重锁,甚至围上铁杆。一个正在巡逻的警卫便发现了到处溜达的绯玛萝莎;她对他堆起满面无辜的笑容,假称自己是因为半夜嘴馋所以下楼寻找吃食。警卫哪里知道,她的床畔就有着源源不绝的甜饼干供她随时取用。警卫于是领着她来到厨房,从食物储藏室里为她倒了一杯牛奶,还取来一些白面包与果酱。她一点一点地捏着吃,一边微笑着与他闲聊,询问关于他的工作种种:钥匙通常收放在何处啦、他固定巡逻的时间等等。她跟随他进入储藏室;正当他就着摇曳的烛光、从一个大石瓶里一勺一勺地为她舀取牛奶时,她环顾四周,感觉到寒气自石头地板与厚重的墙壁之间流窜而出,凛冽寒风则在敞开的窗外轻唱着。警卫恳求公主快快回到温暖的厨房里——"寒风会夺走殿下的性命。"他说——但绯玛萝莎却着迷似的张开双手,企图触摸、捕捉那呼啸凛冽的空气。

她谢过他,转身上楼回到她闷热的卧房。她站在房中,思索了一会儿,然后走到壁炉前,取来铁制火钳,猛地将炉中堆积燃烧的木炭用力击破。往上猛冒的浓烟、迸裂的火星以及炉边的高温一时几乎使她晕厥,但随着炭火逐渐熄灭,原本烧得火红的木炭慢慢褪成似雪般的白色灰烬,她心中也随之涨满喜悦。她脱掉睡衣,将床上层层堆积的床单毛毯一一推开,再一把扯开厚重的天鹅绒窗帘——窗户上了锁,怎么也打不开——然后她满足地躺回床上,细细品味覆盖在毛细孔上的汗水渐渐冷却挥发的透心畅快。

第二天深夜,她勘查了一下长廊与厨房;再过一天的夜里,她便趁着警卫巡逻的空当溜下楼去,从吊钩上取下一把小钥匙,打开了通往厨房花园的一道侧门——小花园里跟其他地方一样,覆满了厚厚的积雪;高一些的香草植物冻得直挺挺的,矮一些的树丛则被白雪压低了头,黑压压的树枝外头包覆了密密的一层霜,仿佛随时都会断裂。满月之夜。月光下的一切非黑即白,要不就闪烁着银光。公主穿着拖鞋,窸窸窣窣地穿过花床间的小径,突然间一个冲动驱使她弯下腰来,脱掉拖鞋,就这样赤足踩在雪上。冰冷的霜雪穿透她的脚掌,为她带来无比的快感——一般人只有在夏日温暖的海水中或是暴露在艳阳下的细沙与砾石上,才能体会类似的快感。她开始奔跑,愈跑愈快;她血脉贲张,银白色的秀发在静如止水的夜里随着她加快的动作迎风飘扬。她穿过一道拱门,轻盈地跑在结霜的深色枝丫夹道的骑马小径上,来到了一大片霜冻的草地。她不知道自己怎么会做出接下来的行为;她一直是个本分端庄的女孩。但这彻骨的冰寒仿佛一道电流,穿透了她的身体,为她带来前所未有的激越能量。她一把扯掉了身上的丝袍,接着摆脱奶油色羊毛睡衣的束缚,就这样赤身露体地躺在月光照耀下的银白雪原上,正如她想象已久的那样。厚厚的积雪结结实实地承受住她全身的重量,她安全地躺在那层坚硬冰滑的表面上。她浑身上下,从膝盖,到大腿,到她浑圆的小腹与微翘的胸部,到手臂内侧柔软的肌肤,都感觉到一种穿刺的烧灼感,正如她先前将脸颊贴在冰冷的玻璃上所感受到的那般。冰雪并未麻痹绯玛萝莎的感官;相反地,它有如醍醐灌顶般将源源不绝的生命力灌注到她娇小的身躯中。当她正面的身体全都冷却下来之后,她翻过身子,安适地仰躺在雪地上浅浅的人形印子中。她仰望夜空:白金色的圆月笼罩在鼠灰色的月晕之中,无垠的黑暗天幕里,群星或散落或成串地闪烁着悠远的光芒。有生以来第一次,她感到真正的快乐。这就是我,冰冷的公主对自己无声地说道,浑身因为这种纯粹的喜悦而颤动不已,这就是我想要的。随着体温全面的下降,她的血液里也注满了雀跃的生气;她于是起身站定,然后翩翩起舞——那是一种奇异的、不知名的舞蹈;她跳跃、她舞动四肢,纤长的手指指向月亮,银色长发甩动飘扬,发丝间夹带的冰晶闪闪发亮。她绕着圈圈,又倏地俯身,接着在旋转的天幕下如车轮般连续翻转。她可以感受到冷冽的寒气持续地穿透她全身每一寸肌肤。她甚至隐约地想到也许有人会对此引以为苦;但对她而言,这纯粹是无尽的狂喜。她在破晓时分方才回房歇息,并且在如梦漂浮的状态中度过了白昼的秒秒分分,焦虑地等待着黑夜再度降临,好让她可以再访那片寒天冻地。

夜复一夜,她在雪地里恣意狂舞。小花园里寒意日深,而她也渐渐地能将夜里蓄足的精力带入白天的日课中。在此同时,她开始注意到自己身体的变化。她急遽地消瘦——用人保姆们早年悉心滋养出来的白嫩柔软逐渐褪去,取而代之的是一种纤细、尖削、骨感的美丽。一天夜里,她突然发现自己全身覆盖着一层透明的薄冰;它们会随着她的舞动而碎裂成蛛网般的炫目细纹,随即又再度凝结。这滋味多么甜美啊。她的睫毛上结满细霜,这使得她需得透过一层冰制镜片方得观看万物;她的每一根发丝也同样布满霜雪,转身甩动时就会发出清脆的乐音。这种千万发丝颤抖、碎裂、撞击所发出的模糊声响似呢喃又如低语,成为她无声舞蹈浑然天成的配乐。如今她已很难在日间维持清醒,而夜间覆盖在她身上的冰霜偶然也会出现在白日的皮肤上;或是出现在颈后,或是如水晶手链般绕在手腕上。她在上课时尽量设法坐在窗边,并且趁着修伊,她的家庭教师,暂时离开时,偷偷将窗户打开,好让寒风蹿入房内。一天,她在充作教室的房间里坐定,并用沙沙作响的关节揉去睫毛上残留的霜雪,却发现房间里窗户洞开,而修伊则穿着厚重的毛皮大衣,桌上还放着一本摊开的大书。

"今天,"修伊说道,"我们要读的是关于你的祖先,伯里曼国王的历史。他曾经率领大军越过崇山峻岭,直抵长年冰封的北方诸国,并且带回一个雪女新娘。"

绯玛萝莎打量着修伊。

"为什么?"她问道,一边倾着头、以那双清澈的蓝眼透过两排僵直的睫毛凝望着他。

"我自会解释。"修伊说,然后领着她走到窗边,"你仔细瞧瞧玫瑰园草坪上的积雪。"

就在那里,冰霜保存了雪堆上一排排浅浅的足印。那是她小巧的赤足,在雪堆上或跑,或跳,或转圈,或舞蹈。

绯玛萝莎面不红、耳不赤;雪白的肌肤更白了,残留的冰霜更厚了。洞开的窗户送进来的寒风使她充满生气。

"你一直都在观察我吗?"

"只是从远远的窗边观察,"修伊说,"以确保你没有伤到自己。你可以看到积雪上的足迹只有一副,小巧高雅而赤裸。如果我曾跟踪你,必定也会留下痕迹。"

"我明白了。"绯玛萝莎说。

"还有,"修伊说,"打从你还是个小女孩起,我便一直在观察你;你是否快乐、是否健康,我一目了然。"

"告诉我雪女的故事。"

"她的名字叫做霏若。她被她的父王当作休战符送给伯里曼王为新娘。史书的记载中将她描述为一个有着惊世美貌的女子,而伯里曼王狂恋着她,但她却未曾回报这份爱。他们说她满怀敌意,经常流连于山洞与河畔,并且拒绝学习我国的语言。他们还说她经常就着月光起舞,在最深的夜里徘徊不去;王国里因而谣言四起,指称她为女巫,说她下蛊迷惑了伯里曼王。她被人看到在月光下赤身裸舞,共舞的还有三只象征巫术的大野兔;她因而被关入皇宫地下的牢房。她就在那里产下一子,婴儿却随即被带走,交给了国王。教士们企图对雪女施以火刑,'以融化她的固执并惩罚她的严厉无情',他们是这么说的;但国王始终不准。

"然后有一天,三名北方战士手持战斧、骑着白马来到城堡门口,宣称他们是来'带我们的女人回到她归属的地方'。没有人知道他们是如何被召来的;教士们坚称正是她在石头牢房中以巫术召唤的。也许吧。当时的局势已经很清楚:雪女一日不被释放,战争便一日无可避免。于是她终于被带出牢房,并且'以一件罩袍遮掩她的憔悴与消瘦';他们告诉她,她可以与她的族人自由离去。根据史书记载,她完全没有要求见丈夫或幼小的儿子一面,只是'正如她来时一般冰冷无情'地登上其中一匹马,头也不回地绝尘而去。

"不久之后伯里曼国王便骤然驾崩,也许是心碎而死,也许是因为巫术陷害。总之,国王的弟弟随即登基为摄政王,直到里欧林成年亲政为止。

史学家指出里欧林是一个'热血热心'的统治者，完全继承了他父亲的血统与风范，他理应承自母系的'冷血'似乎就此消逝无踪。

"但是我相信，经过了好几个世代之后，那张失落的脸孔，那个失落的形影，终将再现。"

"你认为我就是一个雪女。"

"我相信你继承了那位北国公主的血脉。我同时还相信她的天性遭到很深的误解；一般人认为的仁慈对她来说可能是极度的残酷——相同地，也许她的性命正是因为那些囚禁她的人的残酷用意而得以一保：冰冷的石牢、单薄的囚衣以及最简单的饮食。"

"听你说的故事，我句句感同身受。"

"这是*你*的故事啊，公主殿下。你的身体天生就是为寒冷而打造的。当冬日的冰雪融化之后，你必须设法继续待在凉爽的地方。皇宫花园里有几间储藏冰块的小屋——我们得要增建几间这样的小屋，趁着融雪之前多储藏一些冰块备用。"

绯玛萝莎嘴角绽开了一抹微笑。她说道：

"你确实说中了我的心意。整个童年时代，

我都只是苟延残喘地活着罢了。我无时无刻不感到自己随时就要崩溃、消失、陷入昏迷,甚至是窒息而死。在积雪的花园里,在那冷冽的空气中,我苏醒了过来,我真真切切地活着。"

"我了解。"

"你措辞非常谨慎圆滑,修伊。你说我'天生就是为寒冷而打造的'。这纯然只是就着自然与时序的角度而提出的评论。也许我的血管里凝结着冷酷坚硬的冰霜,就像那个雪女一般,或者是某种在常温之下会沸腾蒸发、只有在冰冷的环境之下才得以自由流动的物质。但是你并没有指出我有着一副同样冰冷的心肠。雪女并没有回头再看丈夫与儿子一眼;会不会,她的灵魂就跟她的血液一样冰冷无情?"

"这就得由你来告诉我了。雪女的故事已是如此久远之前的事了。也许在她眼中,伯里曼王不过是一个将她带离家乡的掳掠者与征服者?也许她在冰天雪地的北方有着一个青梅竹马的情人?也许她就跟你一样,在夏日的酷热中只能苟延残喘,受到一阵阵晕厥与哈欠的攻击、只能在暗影中勉强行动?"

"你为何能如此清晰地知道我的感受,修伊?"

"我观察你。我研究你。我爱你。"

绯玛萝莎注意到,在她冰凉冷静的心里,她并不爱修伊。不管爱为何物。

她不知道自己的不爱修伊究竟是失,抑或得。她倒是倾向于将这想象为得。从她还是个襁褓中的小婴儿起,她便一直被包围在来自众人的爱中;而这重重包围的爱却只是为她带来无尽的病痛与倦怠。冰冷之中蕴含更多的生气。在那冰冷的孤绝独处之中。在那层薄薄的冰霜凝结而成的皮肤保护下,她得以品尝甜美的生命滋味。

在真相大白之后不久,融冰的季节也再度来临。厚白的积雪化为一摊摊湿泥,屋顶与枝头的冰柱纷纷融化,掉落,碎裂;但绯玛萝莎的生活却获得了大幅的改善。修伊说服国王与皇后,他们挚爱的小女儿需要冰冷的环境才得以生存。于是当初为了维持她的安适与温暖的种种努力,如今逆转了方向。在修伊的建议之下,花园里陆续增建数幢储冰小屋,而公主的卧房也迁移至皇宫北翼的一个石墙围绕的阴凉房间里。新的绯玛萝莎生气勃发。她在新寝宫周围开辟了一个小花园,里头种满生长在高山雪线之上的植物;而它们也就如树林与缤纷的花园包围着夏日别墅般地包围着这幢冰冷的寝宫。没有人指控她为女巫——时代已经不同了——但也许,这个崭新的、冰冷耀眼的、生气焕发的绯玛萝莎并不如当年那个永远慵懒地陷在粉红色羽毛枕头中的奶白小女孩那样受到百般的爱怜。在冬日里,她用放大镜悉心观察雪花与冰晶的结构;在夏日里,她则研究照料她心爱的雪地植物与苔藓。她成了一个艺术家——所有的公主都必然得学习一些艺术技能;她们必须纺纱、画画、刺绣。她一直都十分尽责地学习这一切,制作出堆积如山的枕头软垫与满墙还不错的绘画作品。她痛恨"还不错"这个字眼,却也不得不接受自己这方面天分的极限。如今她开始学习编织绣帷:她使用银色与冰蓝色的丝线,织出一朵朵夜紫罗兰与银黄樱草;细致纤弱的花瓣与苔藓周围还缀着片片几何图形的冰晶与雪花。这些闪亮精致的绣帷作品远远超越了"还不错"的境界,件件都是独一无二的佳作。她还开始孜孜不倦地与世界各地的植物学家、纺织与编织专家鱼雁往返,或就教或讨论着专业的细节。当冬季再度降临,铁灰色天空下的大地再度进入冰封,她也随之陷入狂喜。

结婚也是公主们的天职之一。或是为了延朝续代、或是为了缔结盟国、或是为了平息战火,她们终得结婚,然后为王朝生下子嗣。在古老的故事传说里,她们成了礼物或奖赏,被她们挚爱的父亲们许配给那些历经艰苦磨难、拯救人民的英雄或冒险家。绯玛萝莎从少女时代阅读的历史与冒险故事中领悟到,公主是一种可以用来交易牟利的商品;但若从另一个角度来解读这些故事,事情又并非全然如此。公主们是精明挑剔的选择者,以种种难题考验试练她们的追求者。她们像一只母蜘蛛,在一张挂满失败追求者的骸骨的巨网中央静静等待;她们要求的是过人的智慧、力量与勇气,从不出手帮忙,也从不为前仆后继的失败者落下一滴眼泪。一旦选定意中人后,她们却愿意随着爱人穿越恶毒的沙漠与诡谲的海洋;她们乘着北风的翅膀,得助于蚂蚁与老鹰、鳟鱼与老鼠、野兔与大鸭,前去解救突然陷入女巫或食人巨人魔掌的丈夫。在现实之中,她们确实握有部分拒绝与选择的权力。她们受人追求。她曾在这样的框架下细细思量自己的处境与这一颗冰凉的心,并决定婚姻并非她最好的归宿与选择。她自独处中获致无比的乐趣;她不会是一个好新娘。她并没有什么周全的计划,只是隐约地盘算着,一旦有追求者出现,她便将采取推诿搪塞甚或是恐吓胁迫的方法来阻止他们。为他们好,也为她自己好。在抽象的想象中——她经常进行如此抽象的思考——她为那些可能会爱上她的人们感到十分遗憾。她并不认为自己是一个那么可爱的人。父母与哥哥们对她的爱全然出于天性,几乎是理所当然、习以为常的爱;除此之外,唯一真正爱她的人大概就只有修伊了。在她冷冷的眼里与心里,清楚地意识到那道存在于修伊对她与她对修伊的感觉之间的鸿沟。她试着从不让此差异浮上台面;她享受修伊的陪伴,并对此心怀感激。但她与修伊都是聪明敏感的人,两人都对事情的真相了然于胸。

国王也有自己的打算;他并且深信自己的计划堪称足智多谋。他相信他唯一的爱女比大部分的女人都还需要婚姻。她身体里流着那个不快乐的雪女的血液,这继承而来的尖锐棱角比任何东西都还能危及她自身的安危;他相信婚姻能够软化她,能够引领她走出那个小小的世界。在他的想象中,绯玛萝莎就像是一根棱角处处的冰柱;为了她好,那些危险的棱角需要被软化、被融化——当然,在想象中,他从来不敢将这个画面推得太深太远——就只是一根滴着水的冰柱,而非一摊由冰柱融化而成的温水。他认为最合理的做法便是将绯玛萝莎许配给一个来自北国的王子,那长年冰封的北方正是霏若的故乡。他于是派了信差穿越北方的崇山峻岭,给波利斯王子捎了一封信,随信还附上一件公主的锦织绣帷作品以及一幅公主的肖像;画像生动地捕捉了她那细致的骨架、美丽的蓝眼、白金色的秀发。他是一个十分注重外交礼仪的统治者,而按照外交礼仪惯例,肖像与请柬是不能仅送给一个王子的。传统的做法是,待嫁公主的画像必须同时(除去马匹、骆驼、大帆船以及骡子车队那难以预测的速度)送给数字合格的王子。王子们收到画像后,必须回报以各式的礼物,华丽奢侈、令人屏息的各式礼物。如果公主(或是她父亲)认可那些礼物的话,那么王子们便会亲身启程造访,到时再由公主自其中挑选最合意的人选。这样一来,国王便不会冒犯到他骄傲的邻居们,而将一切都交给年轻公主的突发奇想或是审美偏好来作定夺。当然,有时为了某些外交策略或是战略同盟上的因素,国王也会对女儿晓以大义,甚至是采取强迫的手段来左右她的选择。绯玛萝莎的婚事倒全然不是这么一回事。她的父王一心只为她着想;他希望她能嫁给波利斯王子纯粹是因为他的王国位于遥远的北方,而那些冰山与冰河也许就是她本该归属的地方。但是他并不明说,因为他明白女人特有的乖僻天性。

绯玛萝莎的画像与请柬就这样传遍了已知的世界。经过一段时间之后,来自各地的礼物便开始陆续送达。一个来自东方、矮小、金黄肤色的特使送来了一件丝袍,火红色的布料上绣着精致的孔雀羽毛花纹,轻如鸿毛。一件全由珍珠编织而成的袍子则来自一个海岛王国,黑、白、粉红色的珍珠一颗颗都有云雀蛋的大小,灿烂夺目。一个位于两座沙漠之间的蓖尔小国差使送来一套立体雕刻的西洋棋,各式缤纷的宝石构成了一尊尊栩栩如生的棋子,棋盘上则镶着纯金打造的炮台与塔楼。除此之外,还有堆积如山的金盘银盘、一只关在笼子里的云豹(送抵后不久便因不堪旅途劳顿暴毙了)、一座竖琴、一匹体形奇小的小马、一篇关于招魂占卜术的详细论文,等等。国王与皇后看着绯玛萝莎庄重地谢过了这批信差与使节。她似乎对一个欧卡林八音盒颇感兴趣,或者该这么说,她对它的*机械构造*颇感兴趣。接着,波利斯王子的特使终于抵达了。他是一个肤色白皙的高大男子,蓄着金色的胡子以及两条金色的发辫;他骑着一匹虱痕斑斑的战马,后面还跟着数匹背负大型松木箱子的驮马。他以花哨夸张的动作一一打开这些箱子,取出了一件银色狐狸毛皮罩袍,一顶华丽非凡的女帽、边缘还垂缀着数条尖端为黑色的白鼬尾巴,最后则是一个鲸鱼骨做成的盒子,里面躺着一条由银链串在一起的熊爪项链。绯玛萝莎不由自主地伸手护住她那纤细的颈子。特使隆重地宣布这条项链乃是祖传宝物,由波利斯王子的祖母传给他的母亲,而现在他将它献给绯玛萝莎。特使身穿一件厚重的毛皮罩袍,头上则戴着一顶长及耳畔的毛皮圆顶帽。绯玛萝莎答谢道,这些礼物壮观极了。她说这些话的口吻极其优雅镇定,她的母亲连忙探头观察绯玛萝莎对这条熊爪项链的真实反应。她的嘴唇与双颊没有一丝血色,但这对她来说反而可能是高兴满意的迹象——其他女人染上红晕,绯玛萝莎则会脸色泛白。国王心想,一个男人与他的礼物未必是同一回事;那条打磨得光滑洁白的熊爪项链围着女儿纤细的颈子或许会有一种特殊的野性之美,但他可一点也不想亲眼目睹。

最后抵达的差使宣称他并不是最后一个;路途遥远而危机重重,他与其他特使刻意分道而行,如此一来则可确保至少其中一名信差可以将礼物平安送达。萨珊王子,他说,深深为公主的画像所动。她正是令王子魂牵梦萦的梦中人,信差情感丰沛地继续说道。绯玛萝莎的梦中从未有过任何访客,就只是一片白茫茫、雪花纷飞的空间,间或有几只孤鸟盘旋高飞。她的脸上挂着冷静镇定的微笑,不带一丝温暖。这名信差的礼物以稻草、软皮、丝绸层层包裹得十分扎实,花了好一段时间才完全解开。第一份礼物乍看之下仿佛只是一大块粗糙的冰块;一段时间之后,它真实的形象才开始一点一滴地呈现在众人面前——那是一座包围在冰雪之中的玻璃宫殿,透过冰封的积雪层峦,如幻觉般的角楼、厢房以及雕梁画栋隐约可见。一旦眼睛适应了不规则的表面、玻璃的折射与放大作用以及里面曲折迂回的通道之后,一座最最巧夺天工、形状规则的透明宫殿立刻跃然浮现。交错的回廊各自通往一间间方形的厢房,线条优美的螺旋扶手梯连接上下的空间,两侧还围着精致的雕花栏杆;精雕细琢的王座与挂着华丽帐幕的卧床在方形的厢房里闪烁微光;拱门上头装饰着以半透明玻璃塑成的帘幕,不可思议地飘浮在静止的空间之中。这座玻璃城堡是如此巨大,城堡最中央的部分几乎已非肉眼所能窥见;然而一道道拱门与回廊、一座座台阶与走道却仍巧妙地将观者的目光引向那重重玻璃的最深处,却仍固执地拒绝光线与视线的穿透。绯玛萝莎以她冰冷的手指触摸城堡冰冷的表面。她深深为这件非凡的艺术作品所慑服,深深地着了迷。整座城堡是由水晶般清澈的玻璃所构成的;有些部分本身即隐约泛着蓝绿色泽,有些部分则是因为玻璃的厚度而染上了一层另一种不同的蓝绿光芒。她的视线仿佛烛光,一层一层地穿透重重屏障,直抵其中最隐秘的角落。坚硬光滑的墙壁闪闪发亮,将光线锁在一格格明亮的方形厢房中,仿佛一个个耀眼的气泡。除了蓝色与绿色之外,这片如水的清澈之中却似乎还有第三种色彩,藏匿于城堡中心最深处,蠢蠢欲动,随时就要破壳而出——那是一道蔷薇色的玻璃火焰,火舌顺着蜿蜒的回廊匍匐前行,在楼梯天井与门厅处向上攀升,闪烁火光,再如缕缕丝线般沿着错综的狭窄长廊分道而行,然后再度聚合,就如真正的火焰一般,团团包围住高大的圆柱与城门。就这样,在蓝色的帷幕之下,不绝如缕的蔷薇火光闪闪烁烁,蜿蜒地舞动着、跳跃着。绯玛萝莎在这座玻璃宫殿旁流连忘返,视线不曾稍离。"这就是我们主人心房的倒影,"这名情感丰沛的信差说,"它象征着主人空虚的生活,静待公主殿下的风华来温暖每一间厢房。公主殿下的画像已在他的胸口点燃了一把熊熊的焰火。"

信差是一个脸色发黄的年轻人,一双棕眼晶晶亮亮的。直肠子的国王与谨慎细心的皇后对信差华丽花俏的词藻无动于衷。绯玛萝莎则仍然出神地凝望着玻璃城堡,也不知道到底有没有听到信差最后的一番话。

第二名衔萨珊王子之命前来的信差于几天之后到达;风尘仆仆而疲惫不堪,也是个棕眼黄肤的年轻人。他带来了一个半圆球形的礼物。跟前一名信差一样,他一边解开礼物的包装时,也是一边源源不绝地以抒情的话语来形容即将揭晓的礼物。他显然不是在背诵事先准备的台词;热情澎湃的词藻似乎是萨珊尼亚人的天赋本能。这份礼物,他说,是一个隐喻,一个化身,一个甜美与光亮的象征,代表着公主殿下的倩影在他主人心中所创造的夏日世界。

第二份礼物是一座灿烂夺目的玻璃蜂巢。无数的六角形小格层层重叠,里面充满了白色的玻璃幼蜂以及琥珀色的玻璃蜂蜜。雕工无比精细的蜜蜂占满了蜂巢里外的空间,密密麻麻地,毛茸茸的身躯、布满细纹的翅膀、偌大的眼睛以及细如发丝的触角全都栩栩如生;工蜂长满黑色细毛的脚上甚至还沾着金黄色的花粉。蜂巢四周包围着似锦繁花,鲜黄色玻璃花瓣上的一折一皱呼之欲出,长长的雄蕊骄傲地矗立着,蓝色的钟形花冠与末端泛紫的管形花冠交织成一片光芒四射的花海。一只胖嘟嘟的工蜂半个身子都没入了一朵斑斑点点的龙嘴花里;另一只忙碌的工蜂则伸长了吸管,自一朵风铃草中汲取花蜜。这,抒情信差说道,就是萨珊王子因公主殿下的形影而苏醒的心房;在他心之花园里,爱已播种,滴滴甜蜜藏纳其中。修伊心想,这番甜言蜜语已经超出了他这个严刻古板的学生所能承受的极限;但她根本无心聆听。她将冰冷的双颊靠在冰冷的玻璃蜂巢上,仿佛企图捕捉那些蛛纹密布的玻璃翅膀所制造出来的无声蜂鸣。

第三名信差抵达时浑身浴血、几近昏厥。他在路上遭逢劫匪,情急之下将礼物包裹藏在一个大树洞里,趁着夜色脱险后才赶紧去取回。他在宫中众人的注视下解开包裹,口中则断断续续地喃喃自语道:"如此精致……万一有所损坏,我就真是万劫不复了……无可饶恕的罪过啊!"他的包裹分为两部分,一个是高大的圆柱形,另一个是圆滚滚的球状。自圆柱形的包裹中取出的是一根高大的玻璃树干,还有一组无比纤细的玻璃嫩枝,橄榄绿、琥珀黄以及漆黑的玻璃树枝。他大口大口地吐着气,一边将它们组合成一个由粗干与嫩枝错综交错而成的巨网。这是一棵高大而精致得令人屏息的玻璃树,大约有两岁孩童的高度罢。信差必须倚靠安全地收放在衣服内里的一张说明图才能依序组合,花了好一段时间——皇后建议众人转到另一个大厅用些茶点,也好让这个心急如焚的可怜信差独自安静地工作。但绯玛萝莎已然深深着了迷。她注视着每一根嫩枝找到它正确的位置,静静地、心无旁骛地观看着。球形的包裹里又分成了好几个球形小包,全都安适地躺在大包裹里,毫发无伤。信差自小包中一一取出了无数灿烂夺目的玻璃花朵、累累的果实、纠结的蔓藤、小鸟,以及玻璃冰晶与雪花。他在一部分的枝头间挂上了许多花苞,紧实的花苞仿佛随时都会迸裂开来,布满绒毛的表面晶晶亮亮的,有的如蔷薇般鲜红欲滴、有的则如煤炭般漆黑。在旁边的树枝上,他则挂上了各种怒放的花朵,苹果花与樱桃花,木兰花与毛柳,金丝桃与马栗花。然后,他便将形形色色的果实均匀地挂在盛开的花朵间的枝丫上,有柳橙,有柠檬,也有银色的梨子与金黄色的苹果,还有饱满的桃李、透红的石榴,以及成串成串的鲜红樱桃与葡萄,上面甚至还沾着一层细细的粉衣。每一个细节,不论是多么微小的细节,全都是登峰造极的玻璃艺术臻品。接下来,他便开始将各种羽毛缤纷的鸟儿安插在枝头上,有一只红雀、一只白鸽、一只头顶长着一撮黑毛的红腹灰鹰、一只蓝色的澳洲鹩鹩、一只浑身散发珍珠光泽的翠鸟、一只喙部为金黄色的黑鹂,以及一只高踞树顶、傲视群伦的天堂鸟——它那如子夜般漆黑的羽毛上缀着金色的翎眼,头顶则是一团如火焰般赤红的冠羽。最后,信差将冬景镶在剩下的树枝上:光秃尖锐的细枝上黏附着只剩下骨干的镂空叶片,如荷叶边般挂在枝头上的白雪,以及一根根锐利的冰柱;晶莹剔透的冰柱捕捉住光线,然后将其反射出去,在空气中制造出一道道的彩虹。这,信差说,便是王子殿下的世界——如果绯玛萝莎公主果真首肯成为他的妻子的话——一个集四季于一体的天堂乐园,生命之树将开花、结果,年复一年,生生不息。那里也有萧瑟的寒冬啊,公主说道,一边用手把玩着一根冰柱。信差意味深长地凝视着她,然后开口答道,树木的生命元气足以抵抗严冬,正如这棵生命之树;枯枝与冰霜不过是一时的假象。

绯玛萝莎一整个下午都待在这棵玻璃树旁。你看,她对修伊说道,这色彩是多么的丰富多变啊!你看看光线是如何地照亮了这些浑圆的果实、石榴的种子,以及一片片的花瓣;你瞧,树干裂缝里的这只小甲虫,像颗小小的宝石似的。还有鸟尾的羽毛,一根根如此清晰,如此细致——是什么样的男人,竟能够创造出这一切呢?

"工匠。不可能是一个王子,"修伊酸酸地说,"王子只需找到最好的工匠,然后付钱给他就可以了。他充其量就只是想出这些象征,剩下的就交给工匠去执行了。"

"我就是自己亲手编织的啊,"公主说,"我设计,然后亲手完成作品。所以说,有可能王子也是亲手创造出这座城堡、这个蜂巢,以及这棵树的。"

"也许吧,"修伊说,"一个品味铺张华丽、擅于使用夸饰象征的王子。"

"难道你会比较喜欢熊爪项链吗,"绯玛萝莎说,"如果你是女人的话?你会吗?"

"一个男人和他的礼物是两回事,"修伊说,"还有,玻璃非冰。"

"此话怎说?"公主问道。但修伊不肯多作解释。

一两个月之后,王子们陆续抵达。一共有五位王子亲自到访:波利斯王子;送来珍珠袍子的一位圆胖黝黑的王子;送来丝袍、自己也身着丝袍,看来有些严肃的一位王子;送来那套立体西洋棋的王子有着满头卷发、始终穿着马靴并佩带马刺;萨珊王子则是路程最远、也是最晚抵达的一位。波利斯王子,国王暗自赞赏,真是一个体面帅气的年轻人;像棵橡树般高大挺拔,蓄着金色的发辫与金色的胡髭,淡蓝色的眼睛令人想起冰冻的池水,但嘴角眼角却带着深深的笑纹。萨珊王子骑着一匹骨架细致、黑如煤炭的骏马而来,马匹虽然经过长途奔波却仍精神奕奕、不住地喷着鼻息颤抖着。萨珊王子带来一小队同信差一般有着泛黄肌肤与棕色大眼的扈从,但仍坚持亲至马厩照料爱马。

他自己的头发则是跟爱马一样的乌黑,细软、干燥、笔直的长发像漆黑的帘幕般垂至肩膀。他并不高大,大约比绯玛萝莎还矮一些,但肩膀浑厚有力。他的脸形略窄,皮肤则泛着深金色的光泽;他弓形的鼻子尖而挺,浓密的眉毛宛如两道黑线,深色的长睫毛下是一双深陷的黑眼。波利斯王子的笑声健康爽朗,而萨珊王子则如猫似的冷静沉默。他向众人行礼问安,然后便退到一旁,像个旁观者而非参事者般默默地将一切纳入眼底。他用精瘦的大手执起绯玛萝莎冰冷干燥的玉手,举至唇边轻触了一下。"多么迷人。"萨珊王子说。"谢谢您。"雪女冷冷地答礼道。然后短暂的首度会面便结束了。

这场招亲盛会完全按照外交礼仪加以进行。按照惯例,皇宫里外举行了许多骑马狩猎的活动。由于时值盛夏,公主并未亲身参与这些户外的活动。每天夜里,王子们则接受各式盛宴的款待,席间还有悠扬乐声相伴。来自海岛的王子带来两位肌肤如瓷的少女,以娴熟的技巧为众人演奏乐音清脆的木琴。满头卷发的王子献上一位带着竖琴的吟游诗人。波利斯王子的两位随从则演奏了一曲狩猎号角二重奏,乐音雄壮激昂而振奋人心。公主就坐在波利斯与卷发王子的中间,聆听着北国王子那些关于漫漫长冬、极光、漂浮冰山的故事。萨珊王子招来一个小厮,后者呈上了一个以红色丝绸包裹的管状物;王子自其中取出一根黑色的长笛,将芦苇茎制成的吹口轻靠在唇边,吹出了几个高亢清亮的音符以调整音高。"这首曲子,"他说,眼神专注而低垂,"是一首牧羊人之歌。"接着,他便开始吹奏。从来没有人听过像这样的一首曲子。微颤的长音划过天际,一个音符追赶过一个音符,毫不间歇地,仿佛永无止境;悲切响亮的音符愈追愈高,在空气中摇曳狂舞,然后倏地下降,柔肠百转,渐渐地化为一声叹息,终至消逝无踪。回音兀自绕梁,仿佛远方孤鸟的哭叫,慢慢地,慢慢地也滑入了无声寂境。绯玛萝莎的脑中充满了深秋里新结一层薄冰的湖水的影像,只有一湾顽固不愿就此入冬的流水,企图在片片新冰之间寻找一条生路。这奇异的笛声终于完全静止之后,众人齐声赞扬萨珊王子的高超绝技。修伊说:"我未曾听闻过有人能以这么长的一口气吹奏出一段完整的乐章。"

"我有一副健康的肺,"萨珊王子说,"一副玻璃匠的肺。"

"那些玻璃作品都是你亲手制作的?"公主问道。

"当然。"萨珊王子说。

公主称道那些作品美丽非凡。萨珊王子说:

"我的国家并不富裕,无力提供公主殿下那些价值连城的珍贵宝石。虽然幅员广袤,但连绵不绝的沙漠却占去了绝大多数的空间:供应不虞匮乏的沙子使得玻璃工艺成为我国源远流长的传统技艺。自古以来,每一位萨珊尼亚王子都是玻璃工匠,玻璃吹制的秘诀就这样一代传过一代。"

"我不知道玻璃的原料竟然就是沙子,"公主说,"它们是如此神似冰冻的水面。"

"全都只是沙子,熔化之后再加以重新塑形熔合。"萨珊王子说。眼神依旧低垂。

"在炽热的炉火中,"修伊冲动地说,"它们在炽热的炉火中熔化熔合。"

公主微微地颤抖了一下。萨珊王子抬起头来,黑色的眼珠与蓝色的眼珠交会在空中。灵光乍现。她在那潭深黑之中看到了金色的焰火,他

在那池清澈淡蓝之中瞥见了银白色的火光。她知道自己应该转移视线,但她并没有这么做。萨珊王子说:

"我千里迢迢来到这里,原本是希望能娶得佳人归。我原本希冀能带你回到那片无边的沙丘与绿波荡漾的海岸;但我现在见到了你,我——"

他并没有完成他的句子。

波利斯王子形容沙漠不过是一片单调呆板而炎热不堪的黄沙。他说公主应该会偏爱绵延的山峦与森林,以及袭面而来的阵阵寒风。

公主的身子又是一阵剧烈的颤抖。萨珊王子以精瘦的手掌做出一个轻蔑反对的手势,然后便低头凝望着餐盘上那些被碎冰团团围绕、浸泡在红酒之中的蜜桃切片。

"我愿意与你一同回到那片沙漠,"公主说,"我愿意与你一同回到那片沙漠,学习关于玻璃吹制技艺的一切。"

"我当欣喜万分,"萨珊王子说,"倘若未能有你同行,吾生原已无以为继。"

在绯玛萝莎这突如其来的决定所引起的些微骚乱中,国王、皇后与修伊的心中渐渐升起了一股迫切的恐慌与忧虑；然而他们两人却只是隔着桌子牢牢相望,眼中反映着彼此眼中闪烁的火光。

一旦发觉公主的心意已坚,挚爱她的人们也只好停止争论,开始着手筹备婚礼。绯玛萝莎邀请修伊在婚礼后一同回到她的新家,但他却以无法生活在炎热的气候之中而拒绝了。沉浸在爱河中的绯玛萝莎浑身散发着光芒,神采奕奕,仿佛一刻也静止不下来。修伊发觉她对他早已视而不见；即使与他面对着面,她清澈的眸子里却似乎只有萨珊王子那张黝黑、沉默而神秘的脸庞。他不知道,他继续说道,语气中带着尖锐的挑衅意味,她自己又如何能在那般极端的环境中生存下来。爱足以改变一个人,绯玛萝莎轻声应道。人类具有改变自身来适应环境的能力。只要我运用我的智慧与意志力,她说,我便能在那里存活下来；若是不能与我心之所系的人儿长相左右,我必将凋零死去。他将使你化为一堆融雪,修伊将最后一句话静静地藏在心底,并没有说出口。身着婚纱的绯玛萝莎洋溢着前所未有的动人风采；纯白的礼服如雪般纯净,精致的蕾丝花边宛如冰晶,而蓝色的腰带则闪烁着厚冰特有的光泽;在层层的透明面纱下,那张白皙的小脸正因快乐与欲望而神采焕发。

婚礼过后、出发前往新家之前,这对年轻的爱侣在宫中多停留了一个礼拜。每一天早晨,当他们走出卧房加入众人之际,皇宫上下的每一双眼睛都在观察着他们。关于那条染血床单的细节在众多女仆口耳之间兴奋地流传着——床单是如何地被某种激烈的行为搅得凌乱不堪云云。皇后对国王观察道,这对恋人眼中似乎只有彼此的存在;而国王带着些许忧伤,不得不同意事情确实如此。他的爱女面容棱角日益清晰,双眸也日益湛蓝、日益闪亮清澈;她似乎随时都能感受到萨珊王子的存在,哪怕他是出现在她的身后或是在房间的另一端,甚或是门的另一边。这位来自南方的王子行动轻巧如猫,话不多,而除了他新婚妻子之外,也不曾碰触过任何人。他的手似乎怎么也离不开她的身体,就在众人面前大刺刺地上下游走;修伊一边看着王子以一记热情却毫无必要的拥抱与亲吻来迎接短暂离开半小时的公主,一边在心里嘀咕着。修伊还注意到公主的皮肤上有一些模糊的淤青,仿佛曾遭到殴打或鞭挞似的;她的锁骨附近有一些泛红的线条,衣袖不经意地翻起时,前臂内侧的粉红色斑点也隐约可见。他原想启齿询问她是否受到了某种伤害,话到嘴边却又吞了回去:他发现绯玛萝莎根本无心聆听他说话;她的视线越过他的肩膀,望向厢房门入口——一会儿之后,萨珊便出现在门口。此外,如果她真的受到了伤害,修伊也早该体察出来;他了解她甚深,而她显然陶醉于幸福之中。

绯玛萝莎的新婚之夜确实是一种狂喜与痛楚交杂的美妙经验。她与她新婚的丈夫,在一般的进退交谈方面,对彼此其实是万分腼腆拘谨的。他们甚少交谈,即使偶尔开口也不超出一般客套话的范围:绯玛萝莎听到自己镇定而清晰的声音,好像来自数里之遥处,礼貌的语气仿佛谈话对象是共享一个房间的陌生人;然而,房间的空气里却酝酿着一种一触即发的热情。在这片沉默之中,萨珊深色的眸子始终紧紧地锁住她的视线,只有在开口说话时才将眼神转开,或是低头凝望床单,或是远眺窗外。她的心里十分明白,他这些零落、耳语般的句子在他自己耳中听来的古怪程度,丝毫不亚于她对于自己口中吐出来的连篇陈腐客套所感到的不自在。但当他轻抚她的身体时,他那干燥而温暖的手指却无碍地对她的肌肤源源倾吐衷曲;而当她一碰触到他赤裸的身躯时,狂涌而出的喜悦霎时迫得她几乎哭泣:那金色的温暖,那神妙的柔软,那坚硬细致的骨头的每一处弯曲。雪女的感官知觉迥异于其他女人,但绯玛萝莎无从比较也无从得知;对于占据、贯穿她全身的那种近乎痛苦边缘的无上狂喜,她自是无以名之。雪会燃烧,而一般人也很难区分出来,那种感觉究竟是炙人的烈焰抑或是刺骨的冰霜。碰触萨珊所散发出来的光与热像是又不像是冰霜所带来的战栗快感。在激情的最高点,一般女人会融化,或至少相信自己正在融化,正如一场天崩地裂的雪崩或汹涌的河流般狂泄奔流、急转直下;绯玛萝莎以略有差异的感受体验了这一切:她感觉自己仿佛化成了液体,即使是中央最深处的冰柱也滴滴答答地落下水滴,威胁着要融解、就要化为无形。在她激情的最高点,她几乎就要放弃最后据守的堡垒,让自己就此化作无形,跨入那太虚之境——就在那一刹那间,她骤然因为对于全然毁灭的恐惧而放声哭泣。棕色的纤细手指轻触她的眼睑,迫使她睁开了湛蓝色的眼睛。"你还在吗?"温柔的耳语问,"你在哪里?"她终于轻声喟叹,悄然返抵人间。

当清晨终于到来,射入房里的晨光揭露了床上两条赤裸交缠的人影,安稳地躺在沾染些微血迹的白色床单之上。晨光同时还揭露了雪白冰凉的肌肤上的斑斑血痕:纤纤细腰上绕着一圈手印,前夜爱怜的轻抚却留下了鞭痕般的印记,而他柔软的嘴唇曾徘徊流连之处则浮起了蔷薇色的圆形斑点。当他一看到她的身体时,立刻哭叫了出来,我伤害了你,他哭泣道。不,她说,她身体里流着雪女的血液,任何的碰触都会留下鲜红色的印记。萨珊仍然凝视着她的身体,重复地说道,他伤害了她。不,不,绯玛萝莎说,它们全都是欢愉的印记,最纯粹的欢愉。我将设法遮掩它们,因为他人无须知晓属于你我的快乐。

然而,在她体内的深处,某个原本坚硬闪亮的地方如今已化成一小池波纹荡漾的溶水。

前往新家的旅程漫长而艰辛。绯玛萝莎将自

己密密地裹在一件白色的连帽斗篷之下,以反射白日强烈的阳光;当一路人马持续南行,绯玛萝莎在斗篷底下所穿的衣物也愈来愈少。他们穿越了翁郁的森林,来到芳草连天的平原,最后终于抵达一个陌生的港口,众人就在那里登上一艘早已等待他们多时的萨珊尼亚帆船。船只顺着息息吹来的微风在无边大海航行了数周,其间曾历经一个突如其来的暴风雨,之后则是连续两昼夜全然无风的如镜水面。萨珊在这段旅程中显得如鱼得水。他有一个底部为透明玻璃的木制吊桶,他尝试让水手将他连人带桶沉到海中,就近欣赏在深处悠游浮沉的海洋生物。他的身上除了一条约略围住他的窄臀的包巾外别无长物;在海面平静无波的日子里,他经常就那样一跃入海,在船只周围游泳戏水。而绯玛萝莎却只能包裹在白色披风下、奄奄一息地坐在甲板上,气如游丝地应答丈夫兴奋的声声呼唤。他有时也会用那个大桶装满海水,在甲板上兴味盎然地研究着水中的气泡与圈圈涟漪。他还喜欢凝望月光下光滑如丝的海面,聚精会神地观看那月光映像下的粼粼波光,以及幢幢鬼火磷光。夜凉如水,绯玛萝莎在月光下显得快活多了。她穿着一件薄如蝉翼的罩衫坐在甲板上,微笑地看着丈夫或是作画或是为她指出洋面上的种种光影变化。他有时会吹奏那管奇异的长笛,而绯玛萝莎也总是如痴如醉地聆听着。船只继续往南航行。每一天,气温都似乎往上蹿升了几度;每一天,空气都似乎愈来愈凝重、愈来愈燠热。

当他们终于抵达萨珊尼亚的第一大港、同时也是首府所在地后,一小队满载鼓手、长笛手、歌手以及铜钹手的小型欢迎船队引领他们缓缓驶入港湾。绯玛萝莎的脚一踏上陆地,一阵晕眩立刻如排山倒海般地迎面袭来——港口的石头台阶被晒得滚烫,万里无云的钴蓝色天空里只有一个极力泼洒刺眼阳光的大太阳,空气仿佛完全凝滞了,没有一丝微风。她强作镇定地开了个玩笑,说是连续几周的航行使得她一时觉得连陆地也在晃动;但她脑中真正闪过的念头却是,她所熟知的那种花朵怒放、鸟儿啾啾鸣唱的温和夏日与眼前这片万里穹苍中只有几只鸢鸟兀自孤翔的景象似乎毫无关联。迎接的人马为他们这位娇弱的新王妃准备了一顶覆盖着帘幕的轿子,绯玛萝莎因而得以暂时避开艳阳,轻靠在柔软的垫子上,一边浅浅地喘息着,一边怀疑自己是否真能安然幸存。

皇宫是一座巨大的白色建筑,在阳光下闪闪发亮,仿佛覆着一层糖晶似的。它有着许多半球形的圆顶与塔楼,几何形的线条简单利落,构成了这座隐蔽而美丽的皇宫。皇宫的设计主要是为了避开阳光的直接照射,里头有着许多宛如几何迷宫的阴凉长廊;长廊四壁装饰着彩色玻璃瓷砖,幽幽暗暗,几扇狭长的窗户便是唯一的光源。窗户上也镀着层层美丽的色彩:酒红、翠绿、宝蓝,自窗缝中泼洒进来的阳光在室内投射出如梦似幻的光影。皇宫的内部结构有些类似蜂巢,中央穹隆由无数方形的镂空小孔交织组合而成,孔中全都镶着色彩缤纷的透明玻璃,随着白日阳光投射角度的移转,中央大厅的墙壁与地板上也就跟着上演一幕幕的魔术光影秀。绯玛萝莎一见到这些幽暗阴凉的长廊,心中立即重新燃起希望。雪女们喜欢明亮的光线,冰冷明亮的雪白空间;阴暗与封闭只会压迫她们。但外头大逞淫威的热浪压迫她更深。除此之外,宫中还有许多匠心独具的摆设,在挑逗着她的感官知觉。皇宫的许多角落里都摆放着盛在玻璃器皿中的各式水果，多彩的器皿泛着珍珠般的彩虹光泽，从氤氲的琥珀，到半透明状的玫瑰，到如夏日晴空般的靛蓝。在大厅楼梯转角的矮凳上，站着几个长笛手，镇日不断地吹奏出引人冥思的乐音，为停滞的空气带来一丝流转的生气。此外，各式果汁与饮料也随手可得；冰凉的石榴汁与柠檬汁乃至于颜色浓郁的葡萄酒就装在一个个华美的白色雕花水瓶里，瓶口还缀着花纹繁复的立体浮雕。她自己的寝宫里则有着一扇圆形的窗户，镶着精致的彩绘玻璃，孔雀蓝的背景衬着花瓣层层重叠的白色蔷薇。厚重的大门上方则有珠帘倾泻而下，每一颗微小的珠子都泛着不同的色泽，灿烂夺目。造型不一的烛台团团围绕着寝宫四壁：长柱形的棕色玻璃烛台，垂缀着玻璃冰柱的大型分枝烛台，以及一个盛水的紫水晶碟子，上头漂浮着几个小巧的浮水蜡烛。她的织布机也已经运抵，静静地站在一个角落里，旁边是一个藤编的篮子，里头装满了她心爱的各种色调的毛线。

接下来的漫长日子里，绯玛萝莎发现她的丈

夫工作十分勤奋,并非一个养尊处优或是一心只知玩乐的王子。萨珊尼亚,他告诉她说,是一个贫穷的国家。广袤的国土上只有一条主要河川流经,首都即傍河川出海口而建;人民在河流两侧狭小零星的耕地上种植作物,再加上自沿海捕获的鱼只,便构成了国家主要的粮食来源。除了首都之外,就只有沿着海岸线的几个小城,萨珊说,除此之外便是一片连绵不绝的沙漠——他滔滔不绝地描述着那些沙丘与绿洲、滚滚黄沙以及变幻莫常的海市蜃楼,神情仿似一个正在描述自己心爱的女人的男子。啊,艳阳下、月光下的那片赤裸黄沙,萨珊说。椰枣与自深井里汲取的冰水的甜美滋味;还有那始终在远方闪耀的梦幻城市,曾带给他无数设计城市景观与玻璃宫殿的灵感。无论如何地绞尽脑汁,绯玛萝莎就是无法在脑中拼凑出萨珊口中所描绘的沙漠景象。远方闪耀的亮光,对她而言,便是失落已久的冰河与人迹罕至的雪原。萨珊热情洋溢地解释道(他们现在已经能够轻松自然地交谈了;虽然常常还只是像两个犹疑不决的孩子,而非一对在夜间缠斗不休的男女)——萨珊向他的妻子解释着沙漠与玻璃制造之间的关联,以及萨珊尼亚王国如何以商船与骆驼商队将所生产的玻璃艺品运送到已知世界的每个角落种种。玻璃,萨珊说道,主要的原料有三:其一当然就是他们国家取之不竭的沙子;再来则是被海水冲刷上岸的海草与黏附在海边岩石上的岩藻,他们自其中提炼出石灰与碳酸钠;最后,也是最珍贵、最取之不易的原料,便是木材,它们除了提供火炉燃烧所需之外,同时也是碳酸钾的主要来源。沿着王国绵延的海岸线生长的树林全数归属国王所有,并由专职人员来加以保护养育。根据传说,他继续说道,玻璃最早是由第一任萨珊王子所发现的。当时王国尚未有今日的规模,首任萨珊王子充其量不过是个巡回骆驼商队的首领;他意外地在沙滩上的营火余烬中发现了一些闪闪发亮的碎片与团块。后世的另一位萨珊王子发现了如何将融化的玻璃浆吹制成透明器皿的秘诀;而另一位萨珊王子则研发出如何将不同的颜色融合在一起的技术。在我们的国家,萨珊向妻子正色说道,王子都是玻璃匠,而玻璃匠也都是王子;艺术家的血脉随着王位的递禅,代代相传。

每一天，萨珊都会从工坊带回一些小礼物送给他新婚的妻子。他曾经带回几个水晶球，里头镶满了当日工作所剩的许多彩色玻璃碎片。绯玛萝莎曾一度冒险走到玻璃工坊所在的洞穴入口，好奇地往里头窥探。她看到几个打着赤膊的男人正挥汗如雨地将一根接着一根的木材扔入熊熊燃烧的火炉，另外还有几个人弯着身子、就着炽热的煤灯，正聚精会神地以尖锐的镊子在放大镜下进行细部装饰工作。其他的人则忙着以巨型金属钳脚转动着一个嘎吱作响的转轮，轮盘上则放置着一团渐渐冷却却仍散发着阴郁红光的玻璃浆；还有一个人手里捧着一个宛如末日审判的号角似的长管，正死命地往里头吹气，长管的另一头则是一团烧得通红的半固体玻璃，随着每一口气的送出，玻璃浆猛地迸出火星与浓烟，颜色也渐渐转为橙红，膨胀、再膨胀。那迸裂的火花与四溅的液体触动了绯玛萝莎，她想起了性爱场面的狂野粗暴，不由得双唇微张，出于狂喜也出于痛苦地，吸入了一大口炽热的空气——她仿佛胸口遭到重击似的倒退了几步，一路踉跄地回到寝宫。在这之后的漫漫长昼里，绯玛萝莎就只是无力地躺在床上，浅浅地、慢慢地喘着气；一直到凉意渐起的傍晚、萨珊归来后，她才得以重拾仅剩的乐趣，在食物、烛光以及阴凉的暗影中找到慰藉。然后他们便会做爱。她企图说服自己，相信自己在极端之中寻到了无上的喜悦，相信自己正活在一种被削减得只剩最极端、最纯粹的感官知觉的生活中。死亡自古便经常被用来象征爱之狂喜，而随着日子一天天过去，绯玛萝莎确实也正一点一点地死去。冰冷的事实也是造成她慢慢死去的原因之一。或该说是火热的事实罢。她原以为，透过意志力的作用，自己正学着为爱与美而活。但她终将发现，在天气压倒性的影响下，万事万物都将显得无比渺小、无比卑微——世界的天气，以及在她皮肤下起漩打转、缓慢蜿流的血液与淋巴。

另外还有一个日渐滋长的原因，造成了她必须耗尽全身力气抵抗这种无边的无力感。她一了解到这一点，霎时间便陷入了一阵绝望之中。她立即提笔写信给修伊，央求他重新考虑他的决定。我病了，她这么写着，而这里的白昼，正如你所预言的，漫长而炎热；我只能暗自消沉，静静地避居在暗处的需要支配了我白日的生活，我无所遁逃。

我相信我怀孕了,亲爱的修伊,而我竟满心恐惧。不管他们有多么亲切、有多么宠爱我,我仍然是独自处在一个陌生的环境、陌生的人群之中。我需要你冷静的头脑,你的智慧;我需要与你之间的那种关于历史与自然、充满知性的谈话。我*并非不快乐*,我只是病了;我只是需要你的忠告、你熟悉的声音以及你准确的判断力。你预见了事情的难处——我是说,那难忍的燠热、那无情的太阳,以及我那别无选择的禁闭幽居。求求你,我最亲爱的朋友,至少来看看我,好吗?

信写好之后,她就将它连同写给父母的定期家书一起寄了出去,却随即感到懊悔不已。那封信显示了她的软弱,哀求的是她不应该需要的帮助。她将一时的软弱与不满写成文字,却似乎反而无可避免地将事态扩大。她感到愈来愈深的无力感,渴望与不满愈来愈难以忽视,与那日益强大的心魔的对抗似乎永无休止。萨珊为她创作了一系列无比精致的雕花玻璃瓶。第一个花瓶有如铅笔般笔直细长,雪白的,大约只能插入一枝玫瑰的大小。第二个花瓶有着略带粉红色泽的云状花纹,瓶身则略带曲线。第三个花瓶的粉红色泽更深了些,形状也更圆润了些。第四个花瓶的颜色呈现相当鲜明的蔷薇色,纤细的瓶颈下方则已是圆滚滚的瓶身——瓶身的颜色愈来愈深,由樱桃红而玫瑰红、朱红,乃至深深的赭红、中央已略泛黑光的火红。当一系列九个花瓶终于完成后,萨珊将它们一字排开在她面前的桌子上,而她终于看到了:一个个瓶颈纤细白皙的花瓶都是女人,一个比一个更骄傲地呈现着一个比一个更圆润的曲线。她笑逐颜开,亲吻了她心爱的丈夫,并极力忘却哽在她咽喉中的那股窒息感。

第二天她收到了一封来自修伊的信。这封信必定是与她送给他的信刚好错开了;按照信件传送的速度估计,她不可能这么快就收到他的回信。修伊在这封信的开头恳求她,希望她虽然身在远方,但至少也能在精神上分享他的喜悦——他结婚了,新娘是荷妲丝,总务大臣的女儿;他现在正过着他原本从来不敢奢望的一种舒适、平静而满足的生活之中。信件接下来的部分,虽然如谜语般含蓄暧昧,但确实是绯玛萝莎所收到的、来自修伊的唯一一封情书。我不能,他这么写道,甚至连单纯的希望都不能,如你那般活在极端的经验之中。没有人,在看过你在无人的雪地上翩翩起舞、伸手摘取光秃树枝上的冰晶雪花之后,没有任何人能够将那幅完美的景象驱出脑海、然后从此屈就于日常生活中随手可得的琐碎欢愉。如今我终于明白,修伊说道,极端渴望着极端;那些由最纯粹的火与最纯粹的冰所构成的人们所能体察到的欢愉,是我们这种凡夫俗子们望尘莫及的:即使有幸曾窥见天堂一瞥,也必须随即放手断念。我无法生存于你的世界之中,亲爱的公主。我很快乐;我拥有一幢小巧的新房,一个爱我的美丽妻子,一张舒适的椅子,一座含苞待放的花园。但我将永远无法*真正地满足*,亲爱的公主,因为我曾窥见你在雪地上翩翩起舞,而这夺走了我能感到真正满足的能力。在那遥远的一方,请你务必快乐满足,以你自己的方式;偶然想起时,也请你务必记得,修伊,他也以自己的方式快乐着——如果他将永远不能再见到你的话。

绯玛萝莎对着这封信掩面哭泣。因为她知道,这将是来自修伊的最后一封信。她知道,她寄给他的那封信将造成他的痛苦,也可能终将引起他对她的鄙夷唾弃——一旦遭逢困境,她总是如此轻易专横地随意召唤他。然后她再度掩面哭泣:因为修伊不在身边、甚至不愿一访,因为她在这片陌生的土地上孤单地忍受病痛;因为在这里,即使是阴暗长廊里的凉风都暖得足以一点一点地融化她,就像是任何轻触都足以融化一座雪人一样。她就这样坐着,独自饮泣了一段时间。然后,她突然起身,几乎像是喝醉了似的,跟跟跄跄地走出房间,走过一道道的长廊,来到一个中庭。露天的中庭宛如一座干涸的喷泉,令人头晕目眩的热浪在其中翻滚,倏地往上,随即恶意狰狞地向下席卷。她缓慢而勇敢地继续前行,不曾寻求围墙阴影的庇荫,直直地走入了萨珊与其他工匠挥汗工作的那个巨大、回音隆隆的洞穴。在一阵晕眩之中,她模模糊糊地看到了那群半裸的男人,那旋转的巨钳,长长的铁棒与铁镊末端的那团玻璃浆,仿佛一朵朵怒放的郁金香。萨珊坐在一张简单的凳子上,黝黑的脸庞被他手中正忙着旋转、塑形的那团炽热玻璃球映得红亮亮的,一旁还有另一团渐渐冷却的玻璃球,枯叶般的深棕。绯玛萝莎一手护住腹部,心意已决地走入那片火热的黑暗之中。正当她一步步地走近萨珊之际,其中一名汗珠满布手臂与肩膀、正一颗颗地滚落棕色额头的工人突然猛地打开了火炉的栅门——绯玛萝莎只来得及瞥见层层架子上的一座座红色、金色、透明的、仍在燃烧中的物体,然后一团仿佛火红太阳的强光与热气便击中了她。她霎时眼前一片黑暗,剧烈的痛楚霸占了她所有仅剩的知觉。在这片混乱之中,她只能意识到自己正在融化,然后便慢慢地、慢慢地屈身、倒下、崩解,化成了一摊火热的液体,一堆白色的碎片,在一片被火光照得猩红的血海之中无助地呜咽呻吟着。萨珊十万火急地赶到她身边,泪水混杂着汗水滴落在她苍白冰冷的小脸上。在绯玛萝莎终于失去意识之前,她隐约听到了他的声音,在她脑海里回响着:"还会有另一个孩子,一个原本不可能存在的孩子。想想那个孩子啊!"之后,便是一片纯然的黑暗——还有一丝丝冷冽寒战的幻觉。

失去孩子之后,绯玛萝莎病了很长的一段时日。几名妇女轮流看护着她,无微不至地,不停地更换着覆盖在她额头上的冰毛巾。她就这样躺在阴凉的黑暗之中,勉强地维持生命。萨珊经常来到她的床畔，不发一语地坐在那里。一度，她看到他将之前送给她的那九个花瓶仔细地收入一个装满木削的箱子里。在悉心的看护之下，她终于慢慢复原，至少复原到她幼时在双亲宫中的模样，柔弱、倦怠、生气全无的模样。她很晚才起床，然后便静静地呆坐在寝宫里，慵懒地啜饮着果汁，丝毫提不起劲来纺织、阅读或是写信。几个月下来，她开始感到自己已经失去了丈夫的爱。在她复原之后，他便再没有来过她的寝宫；他未曾提及此事，也未曾试图解释，而她则无从勘透他的想法。她感到自己变成了一团牛乳果冻，只是徒然具有女性的形体，平淡无味，毫不诱人。因为新陈代谢速率以及悲伤心情的影响，她的体形日渐丰腴，行动也日渐迟缓。她顾影自怜，面对自己臃肿的眼皮以及鼓胀的双颊，不禁恐惧得啜泣了起来。萨珊数度出发远行，既没有说明去向，也未曾告知返期。她不能去函修伊，也无法将心事托付身边那几个黝黑美丽的女伴。她白皙的脸庞面对着深蓝色的墙壁，柔软的双臂紧紧地环抱住身体，一心期盼自己能就此死去。

　　萨珊毫无预警地突然自一趟远行返抵宫中。

时序已然入秋——如果这片长年如夏的大地仍有四季之分的话。他来到妻子身旁,要她准备好随他出发远游。他们将穿越沙漠,他告诉她,然后深入内陆。绯玛萝莎静如止水的心灵微微地掀起了一小片涟漪。

"我是一个雪女,萨珊,"她说,语调平淡,"我不可能安然存活过那段穿越沙漠的旅程。"

"我们将只在夜间行动,"他答道,"白天,我们会为你搭建简单的帐篷,以避开太阳的直接照射。我相信你会意外地发现,这其实是相当舒适的安排。沙漠在夜间气温会急速下降;相信我,一切都还在可以忍受的范围之内。"

于是,一天晚上,他们趁着夜色出发了。当第一颗明星出现在天鹅绒般的深蓝夜空之际,一行人也顺利地穿过了围绕整座首都的城墙的大门。这群浩荡旅行车队主要是由骆驼与马匹所组成,绯玛萝莎则坐在一顶悬吊在两匹高大的骡马中间的轿子里。随着夜色渐深,稀疏的田野与树林也渐渐地被他们抛在后方;绯玛萝莎嗅到了一丝冷冽的空气,纯粹的、来自那片砾石与黄沙的空气——那片没有生命、没有湿气、没有任何腐坏正在进行的荒原。她心中某种沉睡已久的记忆隐隐地苏醒了。萨珊骑过她的轿子旁,探头审视她是否安好。他告诉她,他们即将抵达第一座沙丘;过了这座沙丘之后,他们便正式进入了沙漠地带。绯玛萝莎表示自己的身体情况应该已经可以与萨珊共骑。但他只说了声"时候未到",便转身离开;马匹离去的脚步掀起了一阵风沙,在月光下显得如云般银白光亮。

一段漫长的旅程就此展开。连续几周下来,所有的行程都只在夜间进行,在那已由一轮新月渐渐转为如银盘般圆润光滑的满月之下。炽热的白昼难耐,绯玛萝莎只能待在设计灵巧的帐篷里,用人们则在一旁不断地以大扇子与珍贵的清水徒劳地企图降低温度。夜间的沙漠则清朗、空旷而凉爽。进入沙漠的几天之后,每到黄昏薄暮已降之时,萨珊便会来到她的帐篷,协助她上马,然后静静地骑在披着一件骆驼毛斗篷的绯玛萝莎身边。随着队伍的前行,绯玛萝莎逐渐舍弃了那些厚重的防尘衣物,身上只剩下一件宽松的白色长裤以及一件飘逸的连身罩袍,好让那甜美无比的冷冽空气轻拂过她全身的肌肤,为她带来生气,为她带来力量。她未曾开口询问此行的目的与终点。萨珊在他认为适当的时机自会松口。她甚至不再怀疑他俩为何至今尚未恢复行房——白日的难耐高温抹煞了进行任何除了生存以外的活动的可能性。但他会温柔地向她诉说关于沙漠的一切,关于为何他会对它如此心有所属。这是我的原乡,我生命起源的地方,他说,这燃烧的黄沙,这炽热的空气,这炫目的强光。同玻璃一般。只有在这里,视野才得如此开阔、如此清澈。偶尔,绯玛萝莎也会掀开帐篷一角、凝视着外头那片在炙人的艳阳下闪闪发光的黄沙;而她的丈夫就站在那里,浑身沐浴在金光之中,四周除了光与热外别无他物。偶尔,当她向外窥探时,闪烁的海市蜃楼赫然就在前方。砾石与黄沙幻化成澄澈的礁湖,或是挟带浮冰无数的冰河,或是球果点点的蓊郁森林。她的思绪飘向远方——他们可以快乐地日夜厮守在一起,在炽热沙漠中的那些冰封的宫殿里——然而眼前的宫殿却随着队伍的前进而渐渐如水蒸发,终至消失无踪。海市蜃楼来了又走,萨珊却仍站在原处,眼神专注地凝望着那片炽热依旧的空无;而绯玛萝莎也仍然只能倚赖夜间冷却的空气才得以生存。

偶尔,在地平线的彼端,透过一层有着扭曲花纹的玻璃般的厚重空气,绯玛萝莎会瞥见一座奇异的海市蜃楼,仿佛一座座彼此争锋的群峦,山头还覆盖着银白色的残雪,又像是片片如羽毛般的云朵。当队伍继续前行,这个影像却愈来愈清晰,不再闪烁不定,不再模糊不清。她突然领悟到眼前的群山是真实的景象,而他们的队伍也正朝着它们前进。那些,当她终于问起时萨珊答道,就是月之山。我的国家有着平坦的海岸线,一大片空旷的沙漠,再来便是这座唯一的山脉,同时也是一道天然国界。它们全是人迹罕至的荒山野地,就连动物也鲜少出现的不毛之地,约略就是几只老鹰、一群野兔以及一种特殊的雷鸟。老一辈的人甚至认为它们是恶灵的居所,因而将其视为禁地。但我曾数度上山。萨珊并没有进一步说明此行带着绯玛萝莎上山的理由,而她也没有多问。

他们终于来到月山那片布满碎石与零星荆棘丛的山脚。呈现在众人眼前的是一条蜿蜒狭窄的通道,几乎是直直地切入山丘内部;一行人马就顺着通道往上攀行。现在他们多半是利用白日行进,因为负担沉重的驼兽们需要日光来照路。绯玛萝莎经常出神地翘首远眺远方山峰上的皑皑积雪,朱唇微启,汗湿了的衣衫紧紧地贴在身上。突然间,绕过一颗巨石后,一条通往山峦内部的宽敞隧道入口赫然映入眼帘。随行的仆人点燃了火把与灯笼,大队人马随即继续前行。进入隧道后不久,他们背后的日光便只剩下一个巨大的 O 字形,然后渐渐缩小,终至成为远方一个针头般的光源。石洞内部相当凉爽,但因为空气的稀薄以及头顶巨石所带来的压迫感,所以并不舒适。他们就这样顺着隧道,踩着艰辛却稳定的步伐一路上行,愈来愈深入内部。一段时间过去之后,他们来到了另一个关卡:一座以巨大的铰链固定住的厚重木门。萨珊凑过身子,嘴巴对准了钥匙孔旁的一个小洞,轻轻地吹了一口气;众人先是听到了一个清脆的乐音,然后,一声接过一声,铃声叮叮当当地不绝于耳,仿佛有一个隐形的排钟似的。接着,木门便突然地敞开了。在里头迎接众人的,是绯玛萝莎从来也没有见过的奇异景象。

那是一座建筑于山脉内部最深处的玻璃宫殿。入口处是一座由高大的空心玻璃管所组成的森林，管子上还有着许多树枝状的分支；它们有的如行道树般井然罗列，有的则如丛林般错综复杂，还有的则排列成一圈圈的圆形护墙。空气中飘荡着一种曼妙清脆的声响，好似管状风铃的乐音，又如远方的瀑布水声。所有的玻璃柱都是中空的，里头装满了多彩的液体——酒红，宝蓝，翠绿，琥珀色，以及晶亮的水银。如果以手轻触那些较细的玻璃管，管中的液体立刻往上蹿升，随即重新达到平衡。其他的玻璃柱中则装着许多空心玻璃球，在水面上浮浮沉沉，每一个玻璃球下方都悬吊着一个写有数字的金色砝码。点点烛光照亮了阴暗的前厅，有的蜡烛宛如花蕊般躺在玻璃花苞之中绽放光芒，有的则隐身于壁架或山洞罅隙上的造型玻璃后方，暗自散发微光。萨珊引导众人穿越一条全由玻璃打造的通道，所有人都小心翼翼，让若有似无的轻盈脚步带领他们来到一个豁然开朗的大厅。大厅奇高的屋顶上开着一扇漏斗形的巨大天窗，日光透过透明的玻璃倾泻而入，奇迹般地照亮了整座厅堂。这里与入口处一样，罗列着许多奇特的玻璃管，有的造型宛如玫瑰花丛，有的如雕花梁柱，有的则如玻璃葡萄般悬挂在玻璃蔓藤之下。这个厢房里还有着几座真实的瀑布：融雪被引入室内后，便顺着一片片浮冰似的厚玻璃向下泻流，冰凉的水瀑在下方玻璃池子中再度汇集，随即便消失在隐藏的渠道之中；而直接自上方岩石泼洒而下的蒙蒙水花则由一个巨大的玻璃深盘承接住，如夜空般深蓝的盘面上缀着闪烁舞动的钴蓝光点，中央则是一个七彩喷泉，向上喷洒的水柱摇曳生姿，仿佛在配合着光点的舞动，然后再如浓密的马尾般向下滴流。这里大大小小才华洋溢、巧夺天工的设计与发明无法一眼便尽收眼底，但绯玛萝莎特别注意到了一件事——这里的空气是冷的。借由流水，借由岩石，借由山峰顶上的冰帽，空气被冷却到某种温度；在这种温度之中，雪女的血液得以畅快奔流，为她灌注了雀跃的生气，点燃了她双眸中的点点火光。

萨珊引领她走到她的私人寝宫。整座寝宫深深地嵌入山壁的岩石之中，高高的屋顶上也镶着一个天窗，形状宛如一朵多彩的玫瑰，上头则覆盖着积雪，日光透过玻璃与积雪在室内形成了斑驳的光影。她的卧床四周悬挂着玻璃珠帘，其中缀着许多玻璃雕成的雪鸟、雪花与冰晶。寝宫里有一座她个人专属的瀑布，上面还设有可以控制水流大小的闸门。此外，这里也同样有着一座玻璃森林，中空的玻璃管中同样有着细小的透明导管与玻璃球。萨珊仔细地向她解释这些美丽的设计的真正功用。那些导管，他说，是用来侦测空气的重量与温度的改变。每颗浮沉的玻璃球重量都不同，它们的目的则在于测量管中水柱的温度。那些装在细管中水银柱末端都连接有一个水银槽，用手指轻触一下，让水银柱重新定位，然后由水银柱在管中的高度即可辨读出空气的重量。这些水银柱的高度，他继续说道，会随着室外的水汽、风力以及云量的多寡而改变，甚至连所在位置的海拔与洞穴的深度都会对它有所影响。除了水银之外，酒精也可以用来测得这些读数；而为求视觉效果，管中的酒精都被染上了不同的颜色。绯玛萝莎从来没有见过如此神采飞扬的萨珊，也未曾听他一口气说了这么多的话。萨珊向她指出其他的装备：一束燕麦的芒尾可以用来测量室内空气的湿度，他说，或者，在宫中其他地方则是使用一根绷紧的毛发。除了这些测量的工具之外，他还设计了一整组精密的机械，利用排气孔与滑轮组、渠道与管线、活栓与贮水槽等等,根据那些气压计、温度计、湿度计的指数,来调节应该引入室内的融雪或山泉水的多寡。利用这些装备,萨珊说道,他创造了一个人工的世界,而他希望他心爱的妻子在这里面终于可以自由畅快地呼吸,生活,做她自己;因为他既无法忍受将她幽禁在炽热的阳光城市里,也无法承受失去她的痛苦。在玻璃珠帘叮当作响的乐音与潺潺流水的呢喃低语声中,绯玛萝莎展臂拥抱了她的丈夫。她将无比快乐,她说,生活在这片实用的美丽之中。但其他的生活所需呢?单单只靠这些玻璃、石头与流水,他们又该何以维生呢?萨珊笑了。他执起她的手,带她去到几个同样嵌在巨石中的厢房。在那里,各式植物欣欣向荣地生长着;屋顶的天窗引进了阳光,而灌溉的渠道则潺潺地流过了那些果树与幼苗、南瓜藤与香料药草之间的空地。在另外一个厢房里甚至圈养着一群毛皮光滑、四肢矫健的山羊;白天会有专职人员将它们带到山腰上的狭小绿带上放牧吃草,晚上才带回厢房。他本身则必须来来去去,萨珊说,因为他毕竟有职务在身,有广大的人民与土地需要他的管理照料。但她在这里可以安全无虞地呼吸、按照她自己的方式生活着——或至少接近了——萨珊说道,一边有些焦虑地观察着他妻子的反应。她向他保证她将快乐自在地生活在这里。"我们可以借由控制阳光、空气与水,来创造出一个我俩可以共同生活的世界,"萨珊说,"我一生的所知所学,全都灌注此了。这座为你建造的宫殿里包含了我毕生心血的结晶。"

但最美妙的部分还不止于此。当夜幕终于低垂,宫中上下万籁俱寂、只有冷冽的气流回旋在那些玻璃通道之际,萨珊手持一盏油灯与一个小小的包裹来到绯玛萝莎的房间,对她轻轻说了声:"跟我来。"于是她跟着他,走上了一条似乎无止境地向上延伸的石头阶梯。他们顺着它不断地迂回向上攀行,然后,突然间,阶梯将他们引到了室外,在眼前豁然开展的是雪线之上的山峦景致,漆黑的天鹅绒夜空中只有宛如水银球的银色天星闪烁冷光。绯玛萝莎一个箭步踏了出去,双脚踩在这片白皑皑的雪原之上——那是曾在她梦里缱绻流连、百转千回的感觉啊。她脱掉脚上的拖鞋,赤足踩在银白闪耀的冰霜之上,感受脚下那种冰块哔啪裂开的甜美感觉,还有那种轻轻下沉、寒意窜骨的无比快感。萨珊打开带来的小包,取出那管曾让她忘情着迷的长笛。他深情地望了妻子一眼,然后开始吹奏。轻快的乐音霎时倾泻而出,在雪原上回旋流转,化成了这片寂静之中的一声声软语呢喃。绯玛萝莎抛开身上的披肩,脱掉了长袍与衬裙,赤裸裸地站在雪地里;她甩开淡金色的秀发,接着便随笛音翩翩起舞。正当她裸身舞动之际,一层脆薄的冰霜挟带闪亮的冰晶慢慢地凝结在她身上——一种她曾深信今生无缘再会的感觉——它们沿着她的血管,蔓延上她的胸部,在她的肚脐周围轻声欢唱。她意气风发,她神采飞扬;寒彻骨的冰霜为她灌注无限生机。终于,笛音暂歇,她飞奔投入萨珊的怀中,开怀地欢笑,却发现他那被冻得僵硬泛蓝的手指与嘴唇正是笛音暂歇的原因。她以冰冷的双手搓摩他的双手、以冰冷的嘴唇亲吻他的嘴唇;费力的摩擦与勃发的热情终于使他冰冻的血液恢复正常循环。他们携手回到珠帘低垂的寝宫,温柔地做爱。他们调整了几个闸门与导管,让冷暖气流交互吹入房里,为他们两人同时带来生气。

大约一年之后,绯玛萝莎产下了一对孪生兄

妹：一个与他母亲一样，出生时满头黑发的小男孩，不久也和她当年一样，黑发渐渐褪去，长出了一头白金色的柔发；一个灿烂如花的小女孩，肤色白皙而有着一头遗传自父亲的浓密黑发以及一副玻璃匠与长笛手的好肺。偶尔，居住在这座玻璃宫殿中的绯玛萝莎也会感到孤单；偶尔，她也会渴望能与萨珊长相左右，或是能再度徜徉于冰河峡湾之中。但这只是寻常人性，毕竟没有人能拥有一切。绯玛萝莎灵活运用她手边所有的资源，并且始终怀抱希望；她全身投入萨珊尼亚雪线植物的研究之中，悉心钻研适合这里环境条件的植物品种，同时也勤快地与世界各地相关领域的专家们鱼雁往返，讨论专业细节。她最重要的发现是一种原本生长在雪地里的甜蓝莓；绯玛萝莎发现若将它们移植到玻璃花园里，果实将有野生种的两倍之大，并且仍然保有原来精巧甜美的滋味。

乞　妇

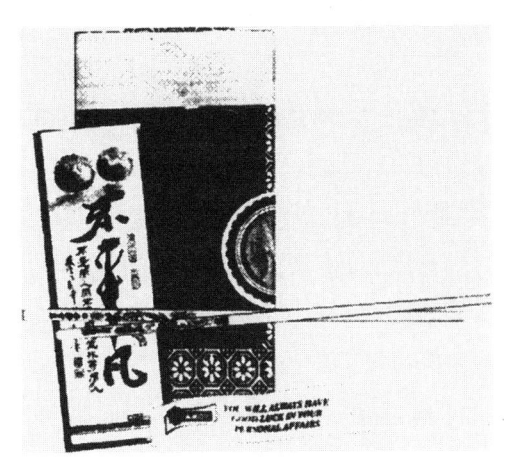

《组成》,戴伦·哈格,1998

"然后呢,"史谷波夫人轻快地说道,"公司会派车送我们到好运购物中心。据我所知,那可是个阿拉丁的宝窟呢;应有尽有,大家就好好放手宠爱自己吧!此外,购物中心的入口随时有警卫戒备驻守,安全无虞。是有些悲哀没错,但世风日下,也不得不如此。"

黛芙尼·高佛-罗宾森环视了一下这张早餐桌:美丽的桃色花缎桌布上排列着铜制餐具,光滑无瑕的花朵漂浮在漆器盘碟中,宛如一座座小巧的花园,散发出阵阵浓郁的袭人香气。Doolittle Wind Quietus 的董事们此刻正在开会,而他们的妻子则在史谷波主席夫人的邀集下共进早餐。自从注意到艾滋病例快速攀升的数据后,史谷波爵士便决意鼓励董事会成员们,在赴世界各地开会时尽量带着妻子同行,尤其是远东地区。

董事夫人们大多高雅迷人;裸露于丝质套装外的双腿亦如丝缎般光滑柔软,而发型则显然曾细心打理过。她们轻声细语地交谈着,或是交换酸辣酱料的食谱,或是诉说有关家庭保姆的骇人传闻,目光还时时透过翡翠大饭店的琥珀色落地玻璃窗、望向外头波光粼粼的大海。虽然先生罗洛在董事会中的权位不及其他成员,黛芙尼·高佛-罗宾森的年龄倒是略长大多数的董事夫人一筹,外表也略显寒碜了些。她其实已经为这次赴会设法减掉了十磅的体重,手指甲也请人修剪保养过;但一见到其他夫人,黛芙尼立刻明白这一切显然还不够。她穿着一成不变的苏格兰粗呢套装,厚重坚固的包鞋,头发则如鸟窝般盘起在头顶。

"你不会要我一起去的啦!"听到罗洛提起这趟旅行时她回应道:"我还是待在家里照顾这群鸡鸭牛羊就好了。你也就跟以前一样,自己一个人好好去玩吧。"

"我也不想要你去啊,"罗洛回答道,"嗯,我是说,我当然*希望*你去;只是我也知道你还是在家里跟这群鹅啊、猪啊的在一起比较自在快乐些。问题是,我若不带你同行,史谷波会觉得这样很奇怪,甚至是*我*很奇怪;他这人就是死心眼。你会喜欢在那边逛街购物的啦,我知道那群太太最爱逛街了。你也许会跟其他夫人处得不错呢!"他说罢,心中却没多少把握。

"我讨厌寄宿学校。"黛芙尼说。

"我不明白这跟那有什么关系。"罗洛说。罗洛不明白的可多了。不想明白也从不明白。

史谷波夫人宣布待会大家在购物中心里可以自由活动,只要正午准时回到中心大门口前集合即可。"我希望大家行李都已经*打包好了*,"她说,"不过我还是在行程表上空出了些时间,好让大家在行李中安插待会可能会寻到的宝。稍后我们将在珍珠咖啡厅共进*美味的午餐*,然后于两点四十五分准时出发前往机场赴悉尼转机。"

女士们分乘几辆汽车前往好运购物中心。黛芙尼·高佛-罗宾森坐进了一辆奔驰轿车的副驾驶座位,舒适而孤立。车子飞驰过拥挤的街道,厚厚的防弹玻璃将东方特有的气味与声响隔离在窗外。这座巨大的购物中心外形并不美丽。在这群董事夫人中,有人曾经造访过圣地亚哥那些粉红色与薄荷绿相间的后现代购物广场;有人曾在加拿大冬日的寒风中、在那些坚固舒适而豪华的地下购物迷宫里流连忘返；更有人曾经去过那些位于沙漠中的水晶宫殿，在人工水池与溪流清脆响亮的水流声中，尽情地消费购物。好运购物中心却宛如一座军营或是监狱；但当然，她们并非是为了它的外表而来的。女士们匆忙地涌入大门，轻声地嬉闹推挤着，仿佛一群寻找小虫的母鸡——没人搭理的黛芙尼·高佛-罗宾森心怀恶意地想象着。

购物中心门口罗列着昏昏欲睡的武装士兵以及佩带着手枪与警棍的制服警察。黛芙尼以手表与司机对过时后，便独自穿过这群警卫进入室内。沿着购物中心外墙再过去一点，聚集着成群结队的乞丐与游民；他们围绕着以牛粪或厚纸板升起的小火堆，四周散落着袋子与空瓶。在他们与警察之间，则是一块空无一物的无人之境。

她并不确定自己喜不喜欢购物。她看看手表，不知道该怎么打发这剩下的两个小时。她快步通过成排的方形商店橱窗，橱窗里的金饰银器闪烁着耀眼光芒，珍珠与猫眼石也闪闪发亮，漆器与丝缎则默默散发着微光。傀儡与皮影人偶挤眉弄眼，纸做的小鸟在棉线上蹦跳，而纸龙与诡异巨大的纸金鱼则张着大口,随风摆荡。她逛过了整个一楼,也或许只是一楼的一个矩形分支,登上楼梯,来到了另一个楼层。新楼层与前一个楼层大同小异,只是多了几个贩卖着朴素的西装料、美式T恤以及盆栽花木的商家。她驻足欣赏这些盆栽树,想起了自己的小花园,并且考虑买下一株形态匀称美好的樱桃树。但是,要如何将它先带到悉尼,再回到诺福克郡呢?它甚至过得了海关吗?

此时她放慢了脚步,开始留意展示的商品。她来到一个角落,进入电梯,上楼,来到一个更高、更明亮、更空旷的楼层。这里的逛街人潮更少了,她甚至走过了一整条只有她一个购物者的商店街。一摞有着刺绣花纹的丝质椅垫套吸引了她的注意;她走进店里,在成千上百堆积如山的椅垫套中翻找,翻,再翻,菊花、鹤、桃花、蓝冠山雀、山峰景致。她买了一个红、金、铜三色相间、有一圈刺绣小鱼花样的椅垫套,就因为它是唯一一个有着小鱼花纹的,说不定是件罕见的珍品。她打开她的手提袋,却发现相机不见了,她确定出发的时候相机就在里面啊。她在下一个楼层买了一个珠宝蛋,一些上漆的筷子,还为她仍在就学的女儿买了一个表情凶恶的白色面具。当她发现一整橱窗的罕见小鱼刺绣艺品时,心中有些不快。它们的手工比她袋中的那个还精致了些。她顺着一个写着"咖啡厅"的标志指示,再度加快了脚步,却怎么也找不到它。她倒是找到了一间盥洗室,它的个别隔间小得几乎无法容人。她在那里补了下妆:她的脸红彤彤的,看起来又热又邋遢。她的口红已经扩散到唇部四周柔软的皮肤上,发针自乱发中一根根探出头来,鼻头及眼皮则油亮亮的。她看了一下手表,心想该准备回去集合的门口了。时间已以惊人的速度飞逝无踪。

标示着"出口"的标志出现得愈来愈频繁,却只将人引领到一些宛如逃生口般的楼梯与电梯;而走出这些楼梯或电梯后,映入眼帘的却仍是许多看起来一模一样的商店街与方块橱窗。这些设计,她不禁开始怀疑,就是故意要将人留在里面、让人在寻找那个被精心隐藏的出口时,还不得不经过更多的商店。她时而奔跑,时而疾步行走;手里紧握着她的购物袋,辛苦地登上了一级又一级的水泥楼梯。在跋涉其中一级楼梯时,她那双坚固耐用的包鞋其中一只的鞋跟终于断裂。一会儿后,她索性将两只鞋子一并脱下,收放在购物袋里。她拖着脚步,在水泥地面上继续蹒跚前进,挥汗如雨,喘息连连。她先是不敢看表,不久还是瞄了一眼。集合的时间早已过了。她想到也许可以打电话到饭店,于是打开手提袋,才发现她的皮夹与信用卡早已神秘地不翼而飞。

她找不到地方可以坐下,于是就站在购物中心里,即使东西已经消失的事实已经十分明确,还是一遍又一遍地在手提袋中翻找。袋中其他的东西纷纷掉落在灰尘密布的地上。她的钢笔,罗洛送她的结婚二十周年纪念礼物,也不见了。她开始快速奔跑,丝袜底部的大洞也随之扩散,劈裂;裂痕爬上了她的双脚,再蔓延至她的双腿,直至碎裂丝袜的碎片仿佛一片片剥裂的皮肤,狼狈地贴在她的腿上。她看了看手表:打包时间与"美味午餐"都已经结束,几乎已是出发前往机场的时候了。她的膀胱几乎要胀爆了,可是她必须继续走,继续往下走,出口就在下面。

就这样,她终于发现好运购物中心似乎无止境地上下延伸,上达天空下达地心,一个个商店橱窗仿佛是统一挖出的洞穴,反复出现着玉石、金饰、银器、漆器、手表、西装料、盆栽花木、面具、木偶。标示往上的电梯只会往下。楼梯间没有窗户，暗无天日：一楼永远找不到。不论 Doolittle Wind Quietus 的董事与夫人们在不在机上，飞机都应该已经起飞了。她在另一间水泥与不锈钢的狭小盥洗室中稍事休息，然后再度看表。她的脸变成了一团惊骇的漩涡。她的表也消失了，原来的位置上只剩下一圈泛着汗光的粉红色皮肤。她发出了微弱而模糊的呻吟声，然后是一次试探式的尖叫。没有人注意到她、听到她或是看到她。闲逛的购物者或是因为戴着随身听耳机或是出于礼节或是因自对陌生人的恐惧，而店员们则是忙着看顾自己的店面。

然而，尖叫确有帮助。她再度尖叫。她对着这片浓得化不开的熙攘静默发出了一声又一声的尖叫。一个穿着棕色制服的男人带来了一名戴帽的警察，他佩带着一把手枪与警棍。

"救救我，"黛芙尼说，"我来自英国，我被抢了，我必须回家。"

"证件。"警察说。

她查看她手提袋后面的暗袋。她的护照也不

见了。什么也没有。"被偷走了。全都被偷走了。"她说。

"像你这种人,"警察说,"不准待在这里。"

她看到他眼中的自己:一个乞妇,肮脏、狼狈,袋子里装满了别人买的东西,一个衣衫褴褛的落汤鸡。

"我先生会来找我。"她告诉警察。

只要她等,只要她继续待在购物中心里,他会来的,她想,他一定得来。她看到自己掺杂在外头那群乞丐游民中,隔着那片空无一物的无人之境,呆坐着。

"我不走,我哪里也不去。"她说,然后重重地坐在地上。她必须留在购物中心里。警察用他的警棍戳弄她。

"请离开。"

坐下来舒服多了。

"如果有必要,我会永远坐在这里。"她说。

她想是不会有人来了。她想自己是永远出不了这个好运购物中心了。

雅 亿

《雅亿与西西拉》,伦勃朗画派

我记得很清楚,哈吉斯太太说,"多么漂亮的颜色啊,洁丝!"然后我便更加奋力地将颜色涂满了这《圣经》教本中的一页。如果你连续得了五个优等,你就会被送去校长室,由她亲自嘉奖。我那时已经累积了四个优;虽然,跟英文课或历史课或自然课比起来,大家都心知肚明,《圣经》课根本算不上什么正式的科目。那是个非常漂亮的颜色,耀眼的朱红,我涂啊涂的,就这样涂满了整页。我有一盒很棒的彩色铅笔,大概有二十四色吧,其中还包括了一些很特别的粉红色跟土耳其绿,我可以用它们调出相当逼真的皮肤色。不过,我也不是真的很会画;事实上,我让雅亿的长发与头饰遮住了她的脸部,而把焦点集中在她的手臂,她手里拿着的槌子与帐篷木钉,以及那一片猩红汪洋,像一条血河般浸透了他所躺着的长椅、上面覆盖的被单,以及雅亿帐篷的地板,还有我那本纸质甚差的灰色横格作业簿。我想我当时也没去多想为什么老师会要求我们画下这个有些诡异的故事。我就是没有多想;就像我也从没多想过,为什么整本作业簿中我偏偏就是对这幅画记忆特别深刻的理由一般。我同时也已经不记得我是怎么拿到那四个优等的,甚至,我到底有没有因为这幅对雅亿利落而血腥地谋杀了西西拉的场景的生动描写而拿到另一个优等。我并没有要刻意讨好哈吉斯太太;她其实是我们的历史老师,也不真的信教,当时她不过是不得不跟其他老师共同分担《圣经》课的教学罢了。《圣经》课从没有专任的老师,向来就是由其他老师当一件杂务分摊掉。以当时(一九五〇年代初期)的已婚妇女来说,哈吉斯太太还真是有些不寻常。她有着一头乌黑卷曲的长发,朱红的嘴唇,总是穿着诱人的尖头高跟鞋,行走在课桌椅间的走道时还会发出喀喀的声响。以一个在那所声誉卓著、历史悠远的女子学校任职的老师的标准而言,她还算年轻。没一个好老师;你总会记得这类的事。虽然我早已忘了她说过什么话,但我确实还记得,她也没解释过为什么要我们研读,并且画下这个特别令人不悦、道德意涵上也有些模棱两可的《圣经》故事的理由。反正,为了某些未知的原因,这个用我的好笔在烂纸上涂出一片猩红汪洋的经验,就是深深地刻印在我的脑海中了。在布鲁塞尔拍摄一支广告片时,我在午餐间把这段故事说给一个摄影师听。我们当时在讨论着,人们过去的生活是如何以两种迥然不同的途径影响着人们。其一是你当然会记得的重大事件,如出生、婚姻、死亡、旅程、成功以及失败种种;另外一种,则是一些色彩鲜明、无关紧要的旁枝末节,不知为什么,就是巨细靡遗地留在你的脑中,怎么也抹不去。他大约三十出头;我跟他提起雅亿时,他听到我竟然已经老得足以拥有那么遥远的回忆,脸上还露出了有些同情的神情。如此渺小、如此鲜明、如此遥远,仿佛剧本上的灯光安排。我们说起了这个骇人的故事,他显得相当震惊。(他生长于一个没有宗教信仰的家庭,我相信他一生从没翻开过一本《圣经》。)我说,我相信我没说错,我不是因为这个故事骇人的情节所以记忆如此清晰;我说我很确定我之所以记得它,纯粹是因为当我一遍又一遍在纸上涂抹着猩红的色彩时,心中所感受到的那份兴奋与刺激。就像我们在一支斯班那果汁的广告中所运用的逐渐拉近放大的镜头,一瓣剥开的柳橙血红色的果肉里,无数晶莹闪烁的小囊吸饱了汁液,仿佛就要迸裂开来。在阿玛黛尔女子中学中,你很难有机会体验到这般强烈迫人的感官刺激。

无论如何,这件事让我时而会想起雅亿与西西拉的故事。我十分确定,我们九岁十岁之际所读的这些《圣经》故事,造就了我日后认为宗教不但不可信,并且还危险而令人厌恶的观感。在那个年纪,你多少已经开始读一些莎士比亚;至少在我们那所封闭而严格的学校是如此。不管你宣称,或者你真的相信,你对这些课程感到百般无聊或漠不关心,莎翁的笔下就是有那么多热情冲动的人们,那么多错综复杂的动机,还有那如歌般的语言,以及种种权力的斗争;然后,有一天,你会发现这些故事已经永远地改变了你。但《圣经》教本却既死板又猥亵。我们反正就是画,一个故事画过一个故事,多色外套、荒原中的吗哪、大瘟疫、雅亿与西西拉。

跟杰德,我们的摄影师,解释时,我说,那甚至不是一个关于背叛或忠诚的故事。我按照记忆所及将故事全盘说出;每次在脑中思及那片红色汪洋时,关于这整个故事的回忆便会泉涌而出。雅亿与西西拉的故事出自《士师记》,当时领导以色列人的士师超乎寻常地是一个女人,底波拉。(不,老师们不是拿她来做我们领袖特质的角色模范。我甚至不确定这个概念在一九五〇年代初期存不存在。就算有,也不会是底波拉;大概会是南丁格尔或伊丽莎白·傅莱之类的慈善家吧。)那时,以色列人又行了耶和华眼中的恶,耶和华于是将他们交到迦南王耶宾的手中;耶宾王与手下的将军西西拉以九百辆铁车大大统治欺压了以色列人二十年之久。底波拉设圈套将西西拉诱至基顺河,《圣经》上如是记载着:"耶和华使西西拉和他的一切车辆全军溃乱。"至此,尚是耶和华行使着一切的杀戮,底波拉则负责组织策划。西西拉下车步行逃跑,来到了基尼人希百之妻雅亿的帐篷;因为耶宾王与基尼人希百家和好。雅亿对西西拉说:"请我主进来,不要惧怕。"西西拉于是进入帐篷,并向雅亿要水喝。雅亿为他打开一瓶奶水,然后为他覆盖被单,要他好好歇息。他要求她守在帐篷门口,不要跟人说里面有人。接下来的一小段我一直熟记在心:

"西西拉疲乏沉睡。希百的妻雅亿,取了帐篷的橛子,手里拿着锤子,轻悄悄地到他旁边,将橛子从他鬓边钉进去,钉入地里。西西拉就死了。"

现在回想起来,这个故事打破了所有关于亲切和蔼与待客之道的基本道理,这是我们打从念童话故事时期起便已经学到的基本道理。雅亿并非西西拉的仇敌;她将他诱进帐篷,然后毫无理由地背叛了他。《圣经》中的下一章(《士师记》第五章)是底波拉的胜利之歌。在詹姆士王钦定的《圣经》译本中,这个章节充满了许多不可思议的歌词韵文。好一段淫狎之作。你听:

愿基尼人希百的妻雅亿,比众妇人多得福气,比住帐篷的妇人更蒙福祉。

西西拉求水,雅亿给他奶水,用宝贵的盘子,给他奶油。

雅亿手拿着帐篷的橛子,右手拿着匠人的锤子,击打西西拉,打伤他的头,把他的鬓角打破穿通。

西西拉在她脚前屈身仆倒,在她脚前屈身倒卧;在那里屈身,就在那里死亡。

西西拉的母亲,从窗户里往外观看,从窗棂中呼叫说,他的战车,为何耽延不来呢?他的车辆,为何行得慢呢?

聪明的宫女回答她,她也自言自语地说:

"他们莫非得财而分?每人得了一两个女子?西西拉得了彩衣为掳物,得绣花的彩衣为掠物。这彩衣两面绣花,乃是披在被掳之人颈项上的。

耶和华啊,愿你的仇敌都这样灭亡!"

我很喜欢这段歌词的韵律。我总喜欢想象,是那些十七世纪的主教们,在那个主教常常会因信仰虔诚,或是不虔诚,种种,而会被活活烧死的年代中,谱出了这段韵文。在她的脚前屈身仆倒,在她脚前屈身倒卧;在那里屈身,就在那里死亡。我不知道它们是呼应着什么样的古希伯来旋律,但英文版本使用了许多单音节的字,重重地敲击着,锤子,斧头,重重地敲击同时却又流畅地奔泻着。这些旋律与篇章正渐渐地自我们的世界隐退,消失。我母亲以前每次打开冰箱时,总会说一句:"啊,宝贵的盘子上的奶油。"当我在《圣经》中找到这个用词时,就好像找到了文化拼图上失落的一块般。这是许久许久以前的事了。那是我们第一个冰箱,崭新的。在大战期间,家里的牛奶和奶油就只是收在一个薄棉纱做成的罩子下,旁边还附着一些用以压住薄棉纱的黏土珠子,有红色也有蓝色。

我在拍一支红石榴汁的广告时,曾设计了一个红色的丝质天幕,好使整片赤红色的灯光倾泻在沙地上。我还很政治不正确地让一个回教沙漠战士自一只酒红色的威尼斯式水壶中,倒出赭红的石榴汁。画面中还有一个矮桌,上面就放着"宝贵的盘子",旁边则是一座扶摇直上的巨大金字塔,奶油色的表面紧紧攫住了粉红色的灯光。拉蕊,我那觊觎我的职位已久的助理导演说,你不能再搞这套啦,人们看到沙漠战士就会错误地联想到被俘虏的苍白处女。当我告诉她另一个在我心中盘旋已久的构想时,她看起来反而有些茫然若失。我说我想要让希腊神话中的普赛芬妮坐在冥府里,吃着一盘石榴籽,一旁还坐着她那肤色黝黑、郁郁寡欢的冥王丈夫。我也曾拥有这样漂亮的一盘,更丰富,只怕没那么"宝贵"就是了。我记得它旁边还有些蝴蝶形状的东西,一些闪亮亮的粉红色软糖。我实在不应该跟她说普赛芬妮的;她现在更加坚信我已经*过时*了,背负着已逝文化的包袱,急需退休换人做做看了。我也许应该跟她说我另外一个关于手榴弹的点子。手榴弹,石榴汁,都有一个"榴"字正是因为手榴弹不但状似石榴,还都内含爆炸性的种子。多么甜美有趣的暗喻啊,一大片猩红色的果汁,爆炸性的感官挑逗,一片猩红血海。漫无边际,我的脑子就是这样任性地运作着。我在剑桥拿到我的学士学位,写了许多以诗人安普森为题的论文,层层地解读着那复杂多重的隐喻。"解读"是个新词,我们当时是不用的。啊,你可以拍这样的一支短片:你解开一颗天鹅绒球,红色的丝绸与红色的光芒霎时如潮水般泉涌而出,淹没了整个屏幕——这又能用在什么地方呢?真够古怪的了,一个不作诗只拍果汁广告的无聊诗人。我很享受这种安排,从来不无聊,近来倒是变得有些可怕。

再回到雅亿这个话题。我为什么记得雅亿呢？隐喻。我知道——我一直都知道——当我用我的彩色铅笔笔尖轻轻刺入纸张时，我刹那间感受到了一种调和之美。铅笔，木钉。又一个漫无边际的影像，同手榴弹与石榴一般。有理，无理。我还知道，每当我忆起这抹激昂的色彩时，像是视觉暂留的作用般，我同时也会忆起另一种互补的、介于铭黄、卡其、芥末之间的浓郁色彩，这是那段无聊透顶的岁月的色彩。我们不是不幸福的女孩；我们被悉心照料，优雅、聪明，而且不无聊。要回想起那段岁月有些困难。所有的校舍都是一样的颜色，绿色与奶油色。我们穿着巧克力牛奶色的背心裙与卡其色的衬衫，还别着一条被我们亲昵地称为"黑鬼棕"色的领带。我相信当时大家都没有想到这个字眼所隐含的贬义，黑鬼棕，我们就只是这么称呼它。无知，天真，无聊透顶。有些奇怪，要写下这个我们当初曾使用过这个字眼的事实时，我迟疑了一下，像是要卸下一个负担似的。那是很久以前的事了，我们的用意不必被过度揣度。生活中所有的刺激都来自于书本。简爱，她那燃烧的床帷，或是她被带到红屋去处罚

（这两个影像都曾被我用在影片中,火灾产物保险以及儿童家具)。《劫后英雄传》的艾凡赫冲锋陷阵,罗宾汉身佩弓箭、绿影斑斓,伊莱莎越过薄冰逃亡,狼与独角鲸,火山与潮汐波浪,刺激全在书本中,没有,一点也没有渗透进我们的生活里。我们处在没有电视的时代,我们——或是说,我们那绝绝对对、完完全全的透顶无聊——是电视的一代无法想象的。电视屏幕像世界的魔术窗口,客厅/起居室角落里的潘多拉的盒子以诱惑、激情、*知识*以及其他的地方、其他的人事占据了整个世界。我知道现在的年轻人对于那个家人之间尚会谈话沟通、人们会亲手制作东西、玩游戏,而非只是消极被动地观看的梦幻时代,有着一股愈发激昂的思古心怀。我们偶尔也会。我记得在操场上狂热地玩着跳格子所带来的激越乐趣。我也记得那段疯狂搜集铅制小汽车的热情岁月。最主要的——除了书本以外——我记得那种模糊、阴暗,令人窒息的透顶无聊;在它的笼罩下,你看不清也看不远,地平线完全不可及,完全无法想象。

人终究是人,拉蕊与那位摄影师也许会这么说。你一定有爱与恨,朋友与敌人;以前有,就像现在也有。我们确实有"帮派"。准确地说,我们班上有两帮。她们很缺乏想象力地仅仅就以她们的领导者命名,一个叫温迪帮,另一个叫瑞秋帮。温迪帮规模比较大,因为温迪是班上最受欢迎的女孩;这实在有些意外,也许吧,毕竟她也是全班成绩最好、运动又在行的学生。她英文拿第一,数学拿第一(就我记忆所及,她《圣经》课也是拿第一——不过,诚如我所说,《圣经》课不算什么正式科目)。她赢过许多运动竞赛,尤其是长跑,尤其是中学越野赛跑。温迪长得很美,一种不具威胁性、无可挑剔的美。她有着蜜糖色的金发,湛蓝的眼珠,宽阔的额头,以及一张丰满的嘴。她很高,但不会太高;她正渐渐地从女孩蜕变成女人,却丝毫不显古怪笨拙。她是个真正的*好女孩*。这实在不太公平:她拥有一切,还善用一切;但事实就是如此。她就好比《马太福音》的"才干的比喻"中那个领了五千又勤勉地以此另外赚了五千的仆人。(我是不是把自己看成是那个领了一千,却以怕被偷走为由而将它埋在地下的仆人呢?)瑞秋身形黝黑结实,也擅长运动,至于学业方面则无法与温迪相提并论。瑞秋有着深陷的棕眼,笔直乌黑的发辫,纤长的双手,还带有一种与青春期无关、难以捉摸且无法言喻的性感。温迪才是胸部先发育的一个;瑞秋则颇为精瘦。温迪毫无疑问将通过升学甄试进入高中,而瑞秋的前途却不太明朗;她在师长眼中算是些微带有叛逆气质的女孩。我估计瑞秋帮大约只有温迪帮三分之一的大小。瑞秋帮的女孩比较不乖,比较不驯。你必须了解的是,这些叙述必须放在当时的环境里来衡量;我们基本上全都是教养良好的好女孩。

温迪帮在下课时间会围坐在球场边缘的矮石墙上,而瑞秋帮则会在校园大门附近漆黑的月桂树丛里聚会。

现在回想起来,瑞秋才是真正拥有领袖特质的一个。温迪则否——她单纯地只是讨人喜欢,像一颗星星;她天生的明星特质吸引了她身旁群集围绕的帮众。如今想来,那就是一种魅力吧。她会做事——做她被要求做的事,做她被期待该做的事,做她有些喜欢做的事——并且尽她所能地做好,不久更赫然发现别人怎么努力都远远比不上她做的好。而瑞秋则显得有些阴晴不定。你最好别惹到她,不然她会找上你。不,我不记得她曾找过谁的麻烦,就算有也不是什么真的麻烦。那只是一种氛围,一种烟雾,暗示着潜在的危险。

除了这两帮之外,班上还有像我这类的"边缘"女孩。我们在两帮的边缘徘徊着,不确定自己算不算正式帮员。因为我们不确定,我们当然也就无法确知帮员们在*做*些什么。在那些神秘的耳语中,在《圣经》课里私下穿梭的纸条中,在屋外的厕所中,她们到底在讨论着什么。我们以为,如果我们能设法成为核心成员——那时两帮都有一个所谓的核心,包括四五个随员与领导人——我们就可以成为正在进行的事件中的一部分,我们就不会那么无聊了。

我现在知道了,我知道到底什么是"正在进行"的秘密了。什么也没有。或者也可以说,当时唯一在进行的事,就不过是帮员之间组织的自我强化罢了;核心,外围,以及阳光下的温迪帮与阴影中的瑞秋帮间的紧张对峙。我们是工业城外围一个葱绿的市郊小镇;当我们在冬日午后、穿过城要回家用午茶时,常会看到真正的*帮派*,活跃的帮派,随身带着车锁链与刀子的男孩,穿着厚重皮靴的男孩,所作所为有时会上报的男孩。我们故作镇定,快速走过,成群地快速走过,人多示众。我们的帮派不算*帮派*。什么也没发生过。

或者,至少我认为什么也没发生过。不,让我换个讲法,*某些*事确实发生了,但我已不记得是如何发生的了。

我有一个想法,因为我读过许多书,所以我知道阴谋与背叛会让帮派更有趣。一个女孩可以带着一帮的秘密,背叛众人,投向另一帮;如果她找得到任何可以背叛的秘密的话。我对背叛的情节产生兴趣起源于小说人物亨佐的鲁伯特的无穷魅力。我相当确定我当时还没遇到另外一个迷人的角色,《李尔王》中的埃德蒙。我一定是对那小说中的固定情节着了迷:要让无聊的帮派有趣起来唯有靠阴谋与背叛。这真是个蠢主意,因为,如我先前所说的,根本没有什么秘密,没有交战的计划,没有交战,就没有东西可以背叛。做我们这一行原本就必须让头脑随时保持在极度活跃的状态;我就眼睁睁地看着拉蕊,我的助导,以她那绝佳的创造力空穴来风背叛了我。我回想自己竟曾是那样一个天真傻气的孩子,脑中装满了各种戏剧化情节的幻想,不禁为当年的自己感到有些悲哀,有些怜悯。我们的世界充满了许多嗡嗡作响的耳语流言,说是某某收视调查报告指出,哪一个*无聊的烂广告*搞得观众频频转台,拖累了整个时段的其他广告,严重一点甚至波及电视节目本身种种。她就利用这点放出耳语,说是另一家饮料公司的调查结果出炉,指出我制作的斯班那果汁与红石榴汁广告冰冷无趣,硬生生拖垮了整个时段。我不得不承认,这真是个肥美的好点子。这样一来,即使我再怎样努力辟谣,推翻收视调查的结果,这个问号还是会像一阵烟雾,弥漫在空气中,永远跟随着我。她足智多谋,她勇气十足。她出身于计算机虚拟互动战士的世界,她的生活中充满了高飞的炸弹,穿着自杀任务飞行员制服的玩偶,以及我永远反应不过来的带剑刽子手与镭射决斗战士。她只要以她那发亮的黑色指甲轻轻一触,我就会淹死在她屏幕上横流的鲜血中。

我还有过另外一个点子,我想,关于温迪与瑞秋的。我那时想,如果找一个女孩,在越野赛跑的路径上设下陷阱,用一条深色麻绳绊倒跑在最前面的温迪,那么瑞秋就可以脱颖而出,而她也一定会因此心怀感激、铭记在心。这将会成为一个真

*正的*秘密，某件事情真的发生了，而且不可告人。这也会是真正的阴谋背叛，而非只是女孩间的咯咯傻笑与耳语。瑞秋也终于可以体验到单纯地说说与真正有事发生之间的巨大差别。我之所以想出这个点子，不是因为我喜欢瑞秋讨厌温迪，或者是相反，我喜欢温迪，但她却不屑地拒绝我成为她的核心成员。不是这样的。她从来不曾真正地拒绝过任何人——她的核心成员全是凭着一己的强烈的欲望与坚持打进去的。我不认为我那时爱上了她们其中任何一个，或是其他任何人，喔，除了圆桌武士蓝斯洛、鲁伯特、萨拉丁，还有罗切斯特先生之外。我只是深恐自己就这样没顶在永无止境的无聊之中，生怕生命中再没有任何东西了。我曾一度想要把这个麻绳的点子告诉瑞秋，不过，我当然也知道这个计划有多么不可行。她也许根本不会听，或者反应激烈，或者退却，或者慌了起来。我脑海中设想她会秘密地感激着我的画面就只是这样——一个空洞贫乏的画面，我不久便放弃了这个想法。我其实很遗憾，因为我甚至已经设想到了设置陷阱的最佳地点，就在废弃的采石场附近一个崎岖不平的碎石陡坡那里，在上坡路

旁的一个灌木丛的矮树间,拉出那条深色麻绳。叛徒甚至还可以利用事发后的混乱局面,借着地形的掩护,轻易地收回肇事的绳子,然后溜走。叛徒必须作参赛者的打扮,不过早早便跳过大半的路线,直接穿过树林埋伏在该处。

结果真的出事了。温迪在比赛一开始时便轻易地取得领先的地位,却丝毫不差地就在我计划中的那个地点,自己绊倒,跌落陡坡。她跌得很重,摔下碎石坡后撞到一颗尖锐的石头,脊椎与肋骨都受到重创,在医院里待了很久很久。她曾昏迷了好一段时日,终于醒来后,套一句俗话简单地说,就是"变了一个人"。仿佛有一盏灯突然熄灭了。她跟大家一起考了升学甄试,结果没通过。瑞秋也没通过,至少没考上我们原本这所优秀的中学,而不久之后我便与她们断了音讯。我不知道温迪中学毕业后做了些什么。我倒是清清楚楚地记得那条麻绳的模样——就是那种花园里常用的合股粗麻绳,像我父亲工具室里就有的那种,卡其色与绿色相间的暗沉色彩,混在枯叶与泥巴中绝对看不出来。我有某种与阿尔茨海默症完全相反的症状,我记得所有不曾发生过的事。毕竟,我的工作便是设计各种场景,找道具,想象灯光的安排,人物进入画面,然后开麦拉。我之所以记得雅亿正是因为这个故事没什么道理,情感与动机一团混乱,你就只是被要求一同为恶毒而欣喜不已。我之所以记得雅亿是因为那甜美多汁的血红,是因为那挥动画笔笔尖时全身轻颤的狂喜,是因为我曾一瞥创造色彩与艺术的神圣殿堂。

耶稣在马大与马利亚的屋中

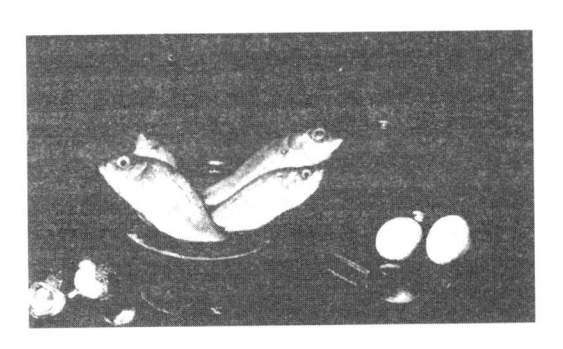

《耶稣在马大与马利亚的屋中厨房一景》(局部),迭戈·委拉兹开斯,1618

厨子们向来以暴躁易怒而恶名昭彰。这个新来的年轻女人,多洛雷斯,尤其是个中翘楚;坎思森如是想。脾气更糟,厨艺却更好。她对于食物风味与香料有着不凡的细致嗅觉;虽然身形粗壮、双臂结实,她处理糕饼面糊的手艺却无比轻巧灵活。如果她愿意的话,她绝对可以成为一个真正的艺术家,成就必定不凡。但她对自己的天赋浑然不知。她愠怒不满,她牢骚满腹,她抱怨连连。她总是认为,正是某种不幸的意外,使得她生为仆佣之女,而非像康琪妲小姐那样,穿着及地丝绸洋装与蕾丝面纱上教堂的娇弱仕女。坎思森曾带着一丝丝挖苦的口气告诉多洛雷斯说,反正她穿那些衣服也不会好看。你是匹天生劳碌命的母马,不是什么阿拉伯小雌驹,坎思森说。你长得不美,浑身肌肉、身强体壮;而你该为此感谢上帝,好让你能健康称职地履行他所分派给你的职务。忌妒是不可饶恕的罪呢。

这不干忌妒,多洛雷斯说。我想要一个真正的生活,我想要有时间思考,而非整天被呼来唤去的。她端详着自己映射在一个闪亮的平底铜锅上的影像,铜锅夸大了她那粗壮的颧骨以及因愤怒而紧绷的脸。她不是什么美人,没错;但没有女人喜欢被如此直言告知。上帝将她造得粗壮勇健,而她因此恨他。

这位年轻艺术家是坎思森的朋友。他常来借些锅碗瓢盆,然后以它们为素描题材,反复地练习。他也会"借用"坎思森,让她静静地坐在画面中的一个角落里,周遭围绕着悬吊着的火腿熏肉以及成串的洋葱大蒜;或者,就是单纯地画下她脸部的素描。他笔下的坎思森若非出落得完美秀丽,至少也显得睿智而高雅。她的骨架匀称,双唇细致美好,额头及鼻侧更镌刻着一些迷人的岁月痕迹——在画家将它们勾勒出来之前,多洛雷斯从没真正留意过这些皱纹的美丑。年轻画家为坎思森绘制的素描画像使得多洛雷斯更加意识到自己的不美。她从未与他攀谈;他在场时她总是处于某种愤怒之中、狂扫般地工作着,或是捣碎研钵里的大蒜,或是聚精会神地为鱼去骨、拍打面团,也或者是以剁刀在砧板上制造出如下冰雹般咚咚的声响,将洋葱细切成半透明状的薄片。她感觉自己仿佛是他画中一个被忽视的阴暗空洞、角落里一抹惨淡的阴影。他曾经送给坎思森一幅油画,画中有着几只鳞片闪闪发亮的鱼、洁白坚硬的鸡蛋,以及一只缺角的陶盘。多洛雷斯不知道为什么这幅油画特别能触动她,画中的鱼跟蛋应该可以画得更真实些啊,真是有些蠢;但它就是触动了她。她从未与他攀谈;虽然她多少知道,如果她这么做的话,也许他最终会赏给这个黑暗的角落几抹微光,好让她可以细细珍惜。

星期天是最糟的一天。周日弥撒过后,主人家中总会有聚会。他们会招待家人、朋友以及神父,主教与他的书记有时也会莅临。他们就坐着,交谈着;时而说些无伤大雅的笑话,时而义正词严地评论着国家与基督教世界的局势。而康琪姐小姐也总是眨着她乌黑的眼睛,倾着她苍白细长的脸蛋,聆听神父们的谈话。在这些聚会中,蜜饯与馅饼、奶酒与果冻、烤鹌鹑与水果塔必须源源不绝地持续供应;在人手不足的情况下,身为厨子的多洛雷斯常得亲自端盘跑腿。她既不情愿,态度也欠佳;她不遵守仆人的身份将目光谦逊地垂下,反而愤怒地瞪视,来回打量着康琪妲小姐戴着美丽项链的颈子、轻打拍子的美足,以及她的一边假意聆听身旁的神父,一边却望向房间另一端年轻的唐·荷西。多洛雷斯将一盘浸在热油中的辣椒放在桌上,力道之重使得陶盘应声迸裂开来,热油与香料在锦缎桌布上四处流窜。安娜小姐,康琪妲小姐的家庭教师,厉声指责了多洛雷斯整整一分钟,指控她不但动作粗鲁笨拙、态度还傲慢无礼,威胁着要解雇、扣除薪资种种。多洛雷斯非但不恭敬退下,反而跨着大步、像株移动的橡树般迈开她粗壮的双腿踱回厨房,同时还开始大吼。不必开除她了,她不干了。这不是人过的生活。她不比*他们*差,还更有用处呢。她不干了。

画家坐在他固定的角落里,正在吃着她做的幼鳗与蒜蓉蛋黄酱。他第一次直接开口跟她说话,他说过去这几周来自己亏欠了她许多,为了她那对香草的敏锐嗅觉、对糖粉与香料的精确掌握,以及对食物甜酸淡浓的运用自如而亏欠她许多。你是个真正的艺术家,画家说道,一边还挥舞着手中的叉子。

多洛雷斯转身向他。他没有权利如此嘲弄她,她说。他才是真正的艺术家,他在画布上揭露了鱼跟蛋特殊的光彩与美丽,这是其他人原本体察不到的,现在借由他的天赋让所有人都看到了。而她所调制的糕饼菜肴漂漂亮亮地出了厨房,回来却全被捣乱破坏了——他们全都忙着说话,根本没注意到盘里的食物;而且他们怕胖,食物剩了大半。当然,教士们是例外,他们反正也没什么其他的乐趣。上菜只是为了场面,为了夸耀展示。他们会用叉子姿态高雅地百般拨弄盘中的食物;在他们动刀叉的那一刹那,整场表演就结束了,一切都没了。

画家侧着头,像他观察一只铜壶或玻璃器皿那般,眯着眼睛端详着她红彤彤的脸庞。他问她,是否曾听过《路加福音》中,耶稣在马大与马利亚屋中的故事。没有,她说,她从没听过。她背过教义问答教本,从教堂的壁画上也得知在最后的审判中,罪人们会遭受何种处罚;还有殉教者的故事,这也是从教堂壁画上看来的。

她们是姊妹,画家说,住在伯大尼的一对姊

妹。耶稣偶会造访她们，并在她们屋中憩息。马利亚总是坐在耶稣跟前，聆听他讲道；而马大则在厨房里忙着接待伺候的事。圣路可记载道，马大有满腹的怨怼。她对主说道："主啊，我的妹子留下我一个人伺候，你不在意吗？请吩咐她来帮助我。"耶稣回答说："马大，马大！你为许多事思虑烦忧，但不可少的只有一件；马利亚已经选择那上好的福分，是不能夺去的。"

多洛雷斯玩味着这个故事，两道眉毛有些愠怒地纠结在一起。她说："说得倒轻松，没错；总是有人会打点一切，总是有人注定要打点伺候、唯独对那*上好的福分*毫无选择、毫无机会。我们的主可以为听道者凭空变出面包与鱼，凡人——如我与坎思森者——可没这能耐。当众人选择那*上好的福分*时，我们就得不停地伺候上菜！"

说到这里，坎思森要多洛雷斯小心点，不要犯了亵渎之罪；她该学着接受上帝为她安排的天职。然后她寻求画家的赞同道，多洛雷斯是不是该学着让自己更满足、更有耐心些？热泪盈满了多洛雷斯的眼眶。画家说道：

"不。这不是人该学习接受主对我们的安排

的问题,而是人该学着如何不多虑烦忧的问题。多洛雷斯,或是我也一样,有自己接近那上好的福分的方式;像我,一切都起始于对面包与鱼的关注。那个傻女孩是不是把多洛雷斯的心血结晶在盘中用叉子推来推去并不重要;重要的是,那确实是她心血的美好结晶,而她也了解到智者才能了解的一切——大蒜与洋葱、奶油与橄榄油、蛋与鱼、胡椒、茄子、南瓜乃至于玉米的天赋本质。厨子们,就像画家一般,体察的是万物的本质与精髓;他们并不单纯以眼睛观察外表,而是运用所有的味觉、嗅觉与触觉。上帝赋予我们这些感官功能自有其目的。多洛雷斯啊,借着了解乳剂的发酵,借着研究菜叶与肉块的新鲜或腐败,借着在酱汁中拌入酒、血与糖,你将可以领受到那上好的福分;同我一般。这比起那些只会转动着漂亮的脖子、好让光线可以照射在她们颈上的珍珠的漂亮仕女们要好得了。多洛雷斯啊,你非常年轻,非常强壮,并且非常愤怒。你*现在*就得学习,学习这重要的一课——只要你还保有你的健康一天——一切的差别不是在于伺候与被伺候,也不是在于养尊处优与劳力工作,差别的鸿沟存在于那些对于世间万物的形体与变化真正有兴味的人,以及那些只是单纯地活着,或是忧心忡忡或是百般无聊无所事事的人们之间。当我画着蛋与鱼与洋葱时,我其实在描绘着神性——这不只是因为蛋或土里冒出嫩芽的根向来被视为耶稣复活的象征,也不只是因为耶稣一字在希腊文中意指鱼类,而是因为这世界充满了光影与生命,而从未对此产生兴味才是真正的罪恶。你已经找到了你领受上好福分的方法,接受它吧。也许,有一天它也将成为你的解脱之道,正如其他所有技能一般。教会教导我们说马利亚过着冥思的生活,她的方式优于马大的方式,积极而活跃。但所有画家都该质疑这点,果真如此吗?厨子也在思索着真理奥义啊。"

"我不知道。"多洛雷斯说道,眉头依然深锁。他把头倾向另一边。她的脑海里一时充满了各种影像:鱼的骸骨,蛋与油在钵中形成的漩涡图样,以及羊肩肉的细致纹理。她说道:"我知道的一切什么也不是。短暂存在,随即消失无踪。煮了,吃了,或是坏了丢给狗吃,或是扔掉。"

"生命何尝不是如此?"画家说,"我们吃,然后被吃,活到七十岁即属幸运。而即使是七十年的光阴,在天使眼中也不过是一刹那罢了。你我作品中的领悟至少还会继续存在一段时日。"

他说道:"你紧蹙的眉头本身就是一股强大的力量。我有个以耶稣在马大与马利亚屋中为主题的创作构想。你愿意做我的模特儿吗?我注意到你似乎有些犹豫。"

"我并不美丽。"

"你是不美。但你有一股力量。你的愤怒蕴含力量,但除此之外你本身就是一股力量。"

接下来的数周数月,画家时时来访,画下她与坎思森的素描,或是享用她做的蒜蓉蛋黄酱与红椒葡萄干,然后盛赞食物的美味。她于是渐渐有了一个想法;她想他也许会将她描绘成一个女英雄,某种挥舞着烤肉叉与切菜刀而非战戟与刀剑的女神。她发现自己无意间常会摆态,也注意到他注意到自己的故作姿态,然后企图放轻松,自然行止。他对她手艺材料的兴趣确实激发了她自身对它们的热情。她屡屡超越自己,为他调制各种新菜目、新酱汁以及新的泡沫奶酒。坎思森有些担心女孩会爱上艺术家,但他却以某种聪明谨慎的方式不动声色地避免了这点。他那眯着双眼、专注作画的神情丝毫不带有任何情色的暗示。他以对待同事的方式对待女孩,仿佛她是他神秘的创作过程中一个同行的伙伴;而这个,坎思森在似懂非懂之间领悟到,赋予了多洛雷斯一种含情脉脉的关爱绝对无法给予的尊贵与庄严。他给了女孩们几幅画着大蒜与长辣椒的小型素描,好让她们带回房间装饰起来,却从没让她们见过自己的素描画像。然后,终于,耶稣在《马大与马利亚的屋中》一画完成了;他邀请两位女士来到自己的画室欣赏完成的作品。他第一次露出了担忧她们反应的神情。

当她们终于看到全画时,坎思森倒吸了一口气。她们俩就在那里,在画中前景的左侧。她自己训诫着女孩,一只手指则指向画面右上方角落里的另一幅情景——那是透过了一扇窗子,还是门槛,抑或是墙上的一幅画中画呢?它的真正所在并不清楚,但主耶稣就在那里,对着轻倚在他脚边、虔诚地望着他的女孩讲道,而女孩的姊姊则木然地站在她身后,看起来应是从另一个角度描绘捕捉的坎思森。然而,全画的光线却集中在四样东西上——几条刚刚昏死过去、以至于眼睛仍闪闪发亮的银色小鱼,几颗洁白坚硬、闪烁着微光的鸡蛋,几粒栩栩如生、半剥了皮的大蒜,以及女孩眉头紧蹙、阴沉愠怒的圆胖脸庞与她那双裹棕色粗布衣袖、肥胖发红的手臂。他将她的丑陋永恒地留在画布上,坎思森心想,她怕是永远不会原谅他了。她看惯了圣母圣洁脱俗的优雅画像;而这,却是处于尘世无止境的欲望挣扎之中的血肉之躯。她说道:"瞧瞧那鱼的眼睛画得多真啊。"她与画家观察着正在端详自己画中影像的多洛雷斯,尾音却心虚地拖曳无踪。

她就那样站着,端详着。画家将重心从一脚换到另一脚。然后她开口了:"喔,是的,我看到你所看到的了,多么奇怪啊,"她说道,"多么奇怪啊,被如此细细端详!"然后,她笑了。她笑靥逐开,两颊与唇边原本下垂的线条也随之舒展,上扬。她深锁的眉头也展开了,眼睛里闪烁着愉悦的光芒,年轻的嗓音清脆地响起。画中影像与年轻女郎之间一时的形似消失了,仿佛一切愤怒不平就静止不动地永留在画中,而女郎却已自旧时解放出来。笑声具有无比的感染力;不消时,坎思森与画家也释怀地笑了。他拿出事前准备的葡萄酒,女士们也祭出带来的辣味玉米薄饼与青蔬色拉。他们于是坐下,共飨盛宴。

A.S.拜厄特生平简历

一九三六年　出生于英国谢菲尔德。

一九五九年　嫁给查尔斯·雷纳·拜厄特。育有一儿一女。

一九六二年——一九七一年　执教于伦敦大学。

一九六四年　小说《太阳的影子》出版。

一九六五年——一九六九年　执教于中央圣马丁艺术与设计学院。

一九六九年　离异后嫁给第二任丈夫彼得·约翰·达菲。育有二女。

一九七二年——一九八三年　执教于伦敦大学学院。

一九九〇年　凭小说《占有》获布克奖。

一九九二年　《天使与昆虫》出版。

一九九八年　《火与冰的故事集》出版。

二〇〇九年　《孩子们的书》出版。

主要作品表

《太阳的影子》
《花园里的处女》
《占有》
《天使与昆虫》
《火与冰的故事集》
《孩子们的书》

《蜂鸟文丛》

第一辑（按作者生年排序）

苹果树	〔英〕约翰·高尔斯华绥
一个陌生女人的来信	〔奥地利〕斯蒂芬·茨威格
奥兰多	〔英〕弗吉尼亚·吴尔夫
熊	〔美〕威廉·福克纳
乞力马扎罗山上的雪	〔美〕欧内斯特·海明威
文字生涯	〔法〕让-保尔·萨特
局外人	〔法〕阿尔贝·加缪
我的包着红头巾的小白杨	〔吉尔吉斯斯坦〕钦吉斯·艾特玛托夫
饲养	〔日〕大江健三郎
夜半撞车	〔法〕帕特里克·莫迪亚诺

第二辑（按作者生年排序）

野兽的烙印	〔英〕约瑟夫·鲁德亚德·吉卜林
地粮	〔法〕安德烈·纪德
米佳的爱情	〔俄〕伊万·布宁
都柏林人	〔爱尔兰〕詹姆斯·乔伊斯
乡村医生	〔奥地利〕弗兰茨·卡夫卡
蜜月	〔英〕凯瑟琳·曼斯菲尔德
印象与风景	〔西班牙〕费德里科·加西亚·洛尔迦
被束缚的人	〔奥地利〕伊尔泽·艾兴格尔
孩子，你别哭	〔肯尼亚〕恩古吉·瓦·提安哥
他和他的人	〔南非〕J.M. 库切

第三辑(按作者生年排序)

黑暗的心	〔英〕约瑟夫·康拉德
啊,拓荒者!	〔美〕薇拉·凯瑟
人的境遇	〔法〕安德烈·马尔罗
爱岛的男人	〔英〕D. H. 劳伦斯
竹林中	〔日〕芥川龙之介
动物农场	〔英〕乔治·奥威尔
夜里老鼠们要睡觉	〔德〕沃尔夫冈·博尔歇特
车夫,挥鞭!	〔法〕达尼埃尔·布朗热
沉睡的人	〔法〕乔治·佩雷克
火与冰的故事集	〔英〕A.S. 拜厄特